서울이 죽어야 나라가 산다

서울이 죽어야 나라가 산다

신현국 지음

리즈앤북
ries & book

프롤로그

200년 전 다산 정약용은 경기도 암행어사와 황해도 곡산 부사 시절의 경험을 토대로 『목민심서(牧民心書)』를 세상에 내놓았다. 『목민심서』는 임금으로부터 관직을 제수받고 부임할 때부터 그 직을 물러나올 때까지 갖추어야 할 언행을 망라한, 일종의 공직자 윤리지침인 셈이다. 목민관의 길을 걷고자 마음먹은 순간부터 다산의 『목민심서』는 내게 또 다른 의미의 바이블이 되었다.

예나 지금이나 겉으로야 참으로 거창해 보이는 자리인 목민관. 실제로 시골 동네 다리 하나 놓는 것도, 농로길 포장도 목민관의 결재가 나야 하고, 인사권·예산권까지 주어지는 막중한 자리임에는 틀림없다. 그러나 24시간 바람 잘 날 없는 자리이기도 하다. 각종 회의, 행사장, 경조사에 참석해야 하고, 예산 문제로 중앙부처, 국회, 청와대까지 뛰어다녀야 한다. 어떤 이는 농담처럼 교도소 담장을 거니는 자리라고도 했고, 어떤 이는 3D업종이라고도 했다.

다산은 『목민심서』에서 목민관의 최고의 덕목을 청렴으로 꼽는다. 하지만 이제는 청렴은 기본이고, 민생과 경제 문제를 해결해야 한다. 지역을 발전시켜야 한다. 인구를 늘리고 일자리를 창출해내야 한다.

주위의 반대에도 불구하고, 목민관이 되어야겠다며 철밥통이라 불리던 공무원 자리를 박차고 나온 지 15년. 돌이켜보면 참으로 많은 일들이 있었다. 기쁜 날도 있었지만, 그보다는 예기치 못한 시련으로 고통스러웠던 날들이 더 많았던 것 같다. 하지만 시련이란 성장의 또 다른 이름일 뿐이라는 걸 이제는 안다.

목민관이 되고자 노력했던 시간들과 목민관이 되어 보낸 시간들을 정리하면서 내 나름대로 성공의 노하우를 가늠해보았다. 나의 작은 이야기가 비슷한 처지에 있는 많은 분들에게 조금의 보탬이라도 되었으면 좋겠다.

2017년 3월
신현국 두손 모음

차례

1부

목민관으로의 길

1장

버팀목이 되어준 가족

세상에 곡절 없는 사람이 있을까?
70억 지구인 중에 과연 사연 없는 이가 있을까?
다만 그 많은 사연과 곡절을 어떤 식으로 이겨내느냐가
인생의 길을 헤쳐 나아가는 방법일 것이다.
비록 늘 바른 선택을 하지는 못했어도
언제나 곁에서 나를 지켜준 것은 가족이었다.

공무원 하려면 문경군수는 해야제!

내 인생에 가장 큰 영향을 끼친 사람을 꼽으라고 하면, 생각할 것도 없이 내 머리에 맨 처음 떠오르는 이름은 '아버지'이다. 무겁고도 힘겨운 이름, 아버지. 아무리 힘들고 아파도 소리 내어 울지 못하는, 가족이라는 짐을 짊어진 외롭고 고독한 지게꾼이 바로 아버지란 이름을 가진 세상의 모든 남자다.

나의 아버지는 가족만이 아니라 농사일까지 짊어진 진짜 지게꾼이었다. 넓은 세상 구경 한 번 제대로 못하시고, 평생 고향땅만 지키다 돌아가신 아버지를 생각하면 지금도 가슴이 먹먹해진다.

그 세대의 어르신들이 그렇듯 내 아버지도 교과서가 아니라 농사일로 세상을 배우셨고, 칭찬보다는 꾸지람이 많으셨다. 논리적이지도 세련되지도 않은 훈계는, 머리가 굵어지면서 쓸데없는 잔소리쯤으로밖에 들리지 않았다. 아침저녁 밥상머리에서 같은 레퍼토리를 읊어대실 때면, 동네의 아무개보다 못한 나를 책망하실 때면, 씹고 있던 밥알에 돌이라도 섞인 양 벌떡 일어나 나와 버린 적도 있었다.

돌이켜보면, 훈계는 장남을 향한 아버지의 서툰 사랑의 표현이었고 잔소리는 염려의 다른 말이었다. 당시에는 그저 벗어나고만 싶었던 자리가 이리 한없이 그리워지는 것은, 이제 그때의 아버지보다 더 나이 먹은 내가 아버지란 이름의 지게꾼이 되어 있기 때문인지도 모르겠다. 그 무겁고 힘겨운 이름으로 자식들을 품고자 했던 당신의 사랑을 왜 그때는 알아차리지 못했던 것인지, 새삼 부끄럽다.

대학에서 장학금을 받았을 때는 "그래, 잘했다!" 한마디로 기쁨을 전하셨는데, 환경부에서 과장으로 승진했을 때는 정말 대놓고 좋아하셔서 그때서야 아버지의 속내를 알아차린 나는 순간 울컥하는 마음에 눈물이 핑 돌던 생각이 난다.

논에서 김을 매면서도, 고추밭에서 풀을 뽑으면서도 아들 잘되기만을 빌고 또 빌었을 아버지의 모습이 지금도 눈에 선하다. 병원에서 항암치료를 받고 나오셔서 버스정류장까지 가는데 몇 번이나 앉았다 섰다를 반복하시면서도 "애비야, 나는 괜찮으니 어서 사무실 들어가 봐라."라며 손을 저으시던 모습, 돌아가시기 며칠 전 거동도 못하시면서 내 두 손을 찾아 꼭 잡고 눈빛으로 전하시던 말씀을 나는 죽어서도 잊지 못할 것이다.

사실 평생 농사일만 하신 아버지는 사무관, 서기관, 이사관이 어느 정도의 자리인지 잘 모르셨다. 아버지께서 생각하시는 최고의 출세는 군수였다.

"공무원 하려면, 그래도 문경 군수는 한 번 해야제."

아들이 군수가 되면 읍내 친구들에게 아들이 군수 되었다고 자랑하고 싶다고 하셨다. 조상님들께도 자랑스레 인사드리러 갈 수 있을 거라고 하셨다. 비록 아버지께서는 내가 문경시장이 되는 것을 못 보고 돌아가셨지만, 20여 년간 몸담았던 환경부를 그만두고 고향의 시장 출마를 결심한 건 아버지의 이런 유훈도 한몫을 했다.

2006년 지방선거에서 문경시장으로 당선이 된 후, 아버지의 산소에 가서 탁배기 한 사발을 올리며 아버지의 꿈을 이루었다고 말씀드렸다. 은연중에 흘리셨던 아버지의 꿈이 알게 모르게 내 꿈이 되어 있었더라고 말이다.

선거 하면 집안 망한다 했다

세상에 자식을 사랑하지 않는 부모가 있겠는가마는, 내 어머니의 아들 사랑은 각별하셨다. 시집 와 내리 딸만 셋을 낳은 어머니는, 어떻게든 가문의 대를 이을 아들을 낳기 위해 새벽마다 정화수를 떠놓고 정성을 들이셨다고 했다. 그렇게 빌고 빌어 삼신할머니에게 점지 받은 나를 품에 안았을 때, 비로소 어머니는 당신의 도리를 다했다는 마음에 눈물이 났다고 하셨다. 그간의 맘고생이 얼마나 심하셨을지, 당신 혼자 눈물로 지새웠을 밤들이 얼마나 많았을지, 그 한마디로 모든 걸 훤히 알 수 있었다.

우리 세대 어머니들처럼 가여운 세대가 또 있을까. 자식으로의 도리만 강요받고 커서 며느리로서 아내로서의 도리만을 강요받고, 어머니의 희생만을 강요받은 세대. 우리 어머니께서도 정작 당신의 인생을 위해서는 그 무엇도 하지 않으셨다. 그저 가족들을 먼저 생각하셨고, 그중에서도 아들이 알파요, 오메가였다. 아들의 인생이 곧 어머니의 인생이었던 것이다.

어머니께 환경부를 그만두어야 할 것 같다는 말씀을 올리러 본가에 갔던 날을 나는 지금도 잊지 못한다. 아들 말이면 그게 어떤 일이든 일단 맡기고 믿어주셨던 어머니께서 그날만큼은 단호하게 머리를 가로저으셨던 것이다.

"그게 어떤 자린데….."

환경부에 몸담은 20여 년, 휴일도 없이 오직 앞만 보고 달렸었다. 천직으로 생각했고, 중간에 그만둘 거란 생각은 해본 적도 없었다. 내 인생의 유일한 길이었고, 청춘과 열정을 쏟아 부어 얻은 자리였다. 모두가 부러워하는 그 자리를, 아직 정년이 10년이나 남은 그 자리를 박차고 나오겠다는 아들의 말이 어머니는 아직도 믿기지 않으신 듯했다. 지난 세월 내가 얼마나 이 일에 매진했는지를 아시기에 더욱 혼란스러우셨는지도 모른다. 게다가 선거라니?!

"내가 잘은 몰러도, 선거한다고 다 던져삐리면 가산만 탕진하고 결국 집안이 망하는기다. 내는 그 꼴 못 본다."

그날 처음으로 어머니는 아들의 청을 거절하셨다. 결국 나는 어머니의 승낙을 얻지 못하고 서울 집으로 돌아와야 했다. 나 또한 어머니의 강경한 반대에는 대책이 없었다. 환경부를 그만두는 일에 실망이 크실 줄은 알았지만, 그 정도로 완강하실 줄은 몰랐기 때문이다. 언제나 어머니께서는 아들을 전적으로 믿어주셨고, 나 또한 어머니 말씀을 거역해본 일이 없었다. 하지만 어머니의 완강한 반대에도 불구하고 2001년 가을, 나는 환경부를 그만두고 낙향했다. 어머니를 거역할 만큼 내 안에 자리 잡은 꿈이 이미 절실해졌기 때문이었다.

당신의 반대에도 불구하고 자신의 뜻을 강행한 아들을 지켜보며 어머니는 더 이상 아무 말씀이 없으셨다. 반대도 하지 않으셨지만, 언제나 해주셨던 독려 또한 없으셨다. 그렇게 몇 주가 지나고, 우연히 5일장에서 어머니를 만났다.

"애미 한 번 보내라."

안부를 묻는 내게 어머니께서는 그 한마디 하시고는 돌아서셨다. 아직도 노여워하고 계시는 건가 싶어 종일 마음이 무거웠다. 그날 저녁 아내에게 나는 선 채로 어머니 말씀을 전했고, 내 이야기를 들은 아내의 낯빛도 나와 별반 다름이 없었다. 언제나 아들만을 생각하시는 어머니의 성정을 잘 알고 있는 터라 더 걱정스러운 모양이었다. 아내는 먼저 어머니께 주말에 찾아뵙겠다는 전화를 드린 다음, 무슨 큰일이야 있겠냐며 나를 다독였다.

아직 선거운동을 시작하기 전이긴 했지만, 선거 준비로 어수선한 시간들이 흘렀다. 그동안 내 속에서는 어머니께 죄송스러운 마음과 서운한 마음이 엎치락뒤치락 널을 뛰고 있었다. 아내가 어머니를 뵈러 간 토요일은 종일 일이 손에 잡히지 않았다. 정신이 산만했던 탓인지 생각보다 늦은 시간에 일정을 마치고 집에 들어가자, 기다리고 있던 아내가 옷부터 갈아입고 나오라며 차 한 잔 마시자고 했다.

아내의 표정에서는 아무것도 읽어낼 수 없었다. 내 대신 어머니께 꾸중이라도 들은 건가 싶은 생각이 들자 자못 미안해졌다. 방에서 나오자 아내가 식탁에 찻잔을 마주 놓고 손에 든 무언가를 물끄러미 바라보고 있는 모습이 보였다. 내가 다가가 앉자 아내는 손에 들고 있던 것을 내 앞에 내밀었다. 통장과 도장이었다.

"오늘, 어머님께서 주셨어요."

아버지가 돌아가신 후부터 당신께서 관리하시던 통장을 며느리에게 내밀며 어머니께서는 사족 없이 한마디만 하셨다고 했다.

"내는 이게 전부다. 얼마 안 되지만 이거라도 보태라."

아내는 통장을 받아들고 아무 말도 할 수 없었다고 했다. 차라리 꾸중을 들었으면 변명이라도 할 수 있었을 텐데, 어머니의 예상 질문에 나름대로 생각해두었던 어떤 말도 생각이 나지 않았다고 했다. 나 또한 아무 말도 할 수 없었다. 나는 그저 말없이 통장에 찍힌 17,000,000이란 숫자만 뚫어져라 바라보았다. 작은 돈도 아니었지만, 액수의 문제도 아니었다. 가슴이 아려왔다.

 부모가 되어봐야 부모 마음을 헤아릴 수 있다지만, 내가 부모가 되어도 남자인 이상 역시 어머니의 마음을 다 헤아릴 수는 없나 보다. 여자로 태어나 딸이 되고, 며느리가 되고, 아내가 되고, 어머니가 되어 평생을 그늘에서 살아야만 했던 인생을 내 어찌 상상할 수 있을까.

 어쩌다 닭 한 마리라도 잡는 날이면 고기는 모두 나와 아버지 상에 올리고, 어머니도 좀 드시라 권하면 닭고기 알레르기가 있다며 손을 저으시던 모습이 떠오른다. 그저 자식 입에 하나라도 더 넣어주고자 했던 어머니의 거짓말을 나는 마흔이 넘어서야 알게 되었다.

 그렇게 자식의 밑거름으로만 사시고자 했던 내 어머니는 마지막 가시는 순간까지도 당신보다는 자식을 먼저 생각하셨다. 아들의 결혼식을 앞두고 어머니가 갑자기 위독해지셔서 결혼날짜를 미뤄야 하나 어쩌나 망설였는데, 정작 어머니는 큰일을 미루

지 말라며 "내는 괜안타."를 연발하셨다. 예정대로 결혼식을 올리고, 어머니께 식은 잘 치렀다고 말씀드리며 사진들을 보여드렸다. 장손의 결혼식을 무사히 마쳤다는 사실에 안심하셨는지, 어머니께서는 이틀 후에 세상을 떠나셨다.

언제고 돌아보면 그 자리에 계셨던 어머니를 떠나보내고서야, 내 인생의 가장 든든한 백그라운드를 잃고 나서야, 나는 내가 그동안 얼마나 어머니를 의지하고 있었는지를 깨달았다. 어머니의 믿음이 내 삶을 어떻게 이끌어주었는지를 알았다. 어머니가 돌아가신 지 3년이 지났지만, 무언가 일이 잘 풀릴 때면 나는 여전히 어머니의 목소리를 듣는다.

"애비, 고생혔다."

이번만큼은 안 돼요!

 선거라는 게 당사자야 자기가 좋아서 출마하는 것이지만, 가족들은 본인의 뜻과 상관없이 이래저래 피해를 본다. 내 인생의 40년 동반자인 아내는 다섯 번의 선거와 다섯 번의 재판을 받으면서 속이 새까맣게 타버렸다.

 15년 전, 나는 처음으로 아내에게 선거 얘기를 꺼냈다. 문경시장 출마를 위해 환경부를 그만두어야겠다고 했다. 알게 모르게 내가 흘린 부분을 아내는 기억하고 있었던 것인지, 언젠가는 닥칠 일이라고 예상하고 있었는지 크게 놀라지는 않았다. 하지만 '선거'라는 구체적인 단어가 내 입에서 나온 이상 아내 입장에서 당연히 반가운 이야기는 아니었을 것이다.

 아내는 심각한 표정으로 내게 조심스레 계획을 물었다. 이제껏 정치와는 담쌓고 살았으니 공천을 보장 받은 것도 아니고, 학교를 졸업하고는 줄곧 타지 생활을 하였으니 지역의 기반이 튼튼한 것도 아니지 않느냐고 반문했다. 게다가 선거를 위한 돈을 따로 마련해둔 것도 아니고, 물려받은 혹은 물려받을 유산이 수억 있는 것도 아닌데, 대체 무슨 생각으로 선거판에 뛰어들려 하느냐고 물었다.

그때 내가 어떻게 아내를 설득했는지는 지금 정확히 생각이 나질 않는다. 하지만 아내의 실질적 물음에 조목조목 대답을 하지 않았던 건 분명하다. 아니 하지 않은 것이 아니라 하지 못했다는 표현이 옳을 것이다. 아내의 말은 모두 옳았고, 반박할 그 무엇도 나는 갖고 있지 않았기 때문이다. 아마 나는 나의 꿈을, 그리고 아버지의 꿈을 이야기했던 것 같다.

지금 생각해보면, 아내는 내게 어떤 대안이 있다고는 생각하지 않았던 것 같다. 다만 내 뜻이 얼마나 확고한가를 확인하고 싶었던 것뿐이었나 보다. 어쩌면 그날 나는 아내를 설득한 것이 아니라, 내 꿈에 동조해 달라고 떼를 쓴 것인지도 모른다.

아무튼 아내는 훤히 앞이 보이는 대로를 버리고, 가본 적도 없는 길, 한 치 앞도 보이지 않는 길로 가겠다는 남편의 의견을 존중해주었고, 동반자로서 격려를 아끼지 않았다. 아무리 어려운 상황이 닥쳐도 늘 곁에서 나를 믿음으로 지켜주었다. 그랬던 아내도 내가 시장 직을 사퇴하고 국회의원에 출마하겠다고 나서자

펄쩍 뛰었다.

"이번만큼은 안 돼요!"

아내는 시장 임기를 끝내는 것이 먼저라며 나를 말렸다. 시민들의 한 표 한 표를, 시민들과의 약속을 어겨서는 안 된다고 했다. 어머니를 비롯하여 아들과 딸들까지 아내와 합세하여 나를 설득시키려고 애썼다. 하지만 끝내 나는 아내의 말을 듣지 않고, 나의 생각을 관철시켰다. 그렇게 혼자 고집 부리듯 출마한 선거에서 나는 낙선을 했고, 낙선했다는 사실보다는 가족 모두의 반대에 귀를 기울이지 않았던 내가 더 부끄러웠다.

다섯 번의 선거와 다섯 번의 재판. 일은 내가 저지르고 다니면서 뒤치다꺼리는 늘 모두 아내의 몫이었다. 내 덕분(德分)에 살면서 겪지 않아도 되는 일도 많이 겪었다. 검찰·경찰 조사도 받았고, 뜻하지 않은 도망자(逃亡者) 생활도 했다. 그래도 경상도 남자라는 핑계로 미안하단 소리 한 번 제대로 못했다.

요즘 우스갯소리 중에 이런 이야기를 들었다. 남자로 태어나 말잘 들어야 할 여자 목소리 원, 투, 쓰리가 있는데, 그게 바로 어머니, 아내, 내비게이션의 성우 목소리란다. 헛웃음이 나면서도 부인할 수가 없었다.

평범한 아버지였으면

내게는 쌍둥이 딸과 아들 하나가 있다. 밖에서 보면 '시장 딸', '시장 아들'이라고 무슨 특혜나 받는 것처럼 보일지 몰라도 실상은 그렇지 않다. 덕 보는 것은 하나 없고, 이래저래 제약 요인뿐이다.

9년 전 문경시장 재임시절, 큰딸의 결혼식을 시청 강당에서 올렸다. 큰딸 입장에서는 아버지가 시장이니 일반인보다 오히려 더 검소해야 한다며 시청 강당을 빌린 것인데, 들려오는 말은 한마디로 "시청 강당이 네 것이냐?" 식이었다. 시청 강당은 시민이면 누구나 사용할 수 있는 공공장소인데, 참으로 억울한 발언이 아닐 수 없다.

아이들은 내가 환경부를 그만두고 정치에 입문하면서부터 내 15년간의 현장을 함께한 산 증인이다. 다섯 번의 선거와 다섯 번의 재판은 내 아이들에게도 적지 않은 영향을 끼쳤다. 특히 큰딸은 뒤늦게 로스쿨에 진학하여 변호사가 되었다. 아무 저항도 못하고 당하고만 있는 아버지의 안타까운 모습을 보면서 딸로서 가슴이 아팠던 것이다.

원래 큰딸은 공과대학을 나와 흔히들 신의 직장이라 부르는 공기업에 어렵게 입사하여 5년 가까이 근무했었다. 지난 15년간 내가 겪었던 사건과 재판을 누구보다 가까이에서 지켜본 큰딸은, 경찰·검찰 조사를 받을 때도 많은 시간을 함께했고, 특히 가택 압수수색 때는 큰딸 혼자 현장을 지키기도 했다. 법이 약자나 정의의 편이 아니라 강자가 약자를 옭아매는 수단으로 전락한 현장을 보고, 법이 권력자의 보이지 않는 손에 의해 좌지우지되는 현장을 생생히 본 것이다.

2010년 지방선거에서는 큰딸이 직접 마이크를 잡고 선거를 도왔다. 당시 나는 변호사비 뇌물죄 수사 사건 때문에 새누리당 공천에서 탈락하고 무소속으로 출마하여 고군분투하고 있었는데, 아이들이 나에게 힘을 실어주느라 고생이 많았다.

아들은 선거 때마다 만사 제치고 나를 도왔다. 나 때문에 대학 다닐 때는 휴학도 불사했다. 19대 국회의원 선거 때는 처음엔 가족 모두 똘똘 뭉쳐 반대했지만, 결국 내 뜻대로 밀고 나가자 선거 캠프에 들어와 핵심 참모 역학을 해주었다.

"이대로는 안 돼요. 임기 채우지 않고 중도 사퇴에 대한 여론이 너무 안 좋아요. 석고대죄라도 하시지요."

선거 3일 전에는 내 대신 땡볕에 온종일 석고대죄를 하다가 결국 쓰러져 응급실에 실려 가기도 했다. 아이들이 애쓴 보람도 없이 국회의원 선거에서 낙선했을 때는 나보다 아들이 받은 충격이 더 큰 것 같았다. 선거 끝나고 방황하는 아들의 모습을 보면서, 몇 년 전 아들이 남들처럼 평범한 아버지였으면 좋았을 거라고 했던 말이 떠올랐다. 내 꿈을 위해 내가 아버지로서 내 아이들에게 못할 짓을 하고 있는 것은 아닌가 싶었다.

쌍둥이 딸들은 결혼해서 각자 가정을 꾸리고 있지만 늘 아버지 걱정에 애가 닳는다. 요즘도 둘이 경쟁이라고 하듯 아침저녁으로 문안전화다. 남들이 들으면 행복에 겨운 투정이라고 할지 몰라도, 자식들에게 걱정을 끼치는 아버지라는 타이틀이 결코 좋은 것만은 아니다. 이 글을 쓰고 있는 지금도 옛 생각들에 이래저래 마음이 아프다. 그저 아이들에게 미안한 마음뿐이다.

새옹지마

내가 대학 1차 시험에 합격했다면 지금쯤 의사가 되어 있었을 것이다. 그때 1차인 의과대에 떨어지자 아무런 대안도 없었던 나는, 졸업 후 시골에서 목장이나 하며 지내자 싶은 막연한 생각으로 농대에 지원했다.

내가 지금껏 걸어온 길을 되돌아보면, 운이 없는 것인지 실력이 모자라는 것인지 나는 뭐든 한 번에 붙은 적이 없었다. 진학을 위한 시험도 그랬고, 선거도 마찬가지다. 시골에서 초등학교를 졸업하고 대구에 있는 중학교로 진학하기 위해 본 시험에서도, 고등학교 진학시험에서도 나는 첫 시험에 늘 미역국을 먹었다. 대학 진학시험에서마저도 최선의 선택은 늘 내게 등을 돌렸고, 나는 늘 차선을 택해야 했다.

시골에서 자라 익숙해서였는지, 우직하고 조용한 성품에 반한 것인지 알 수 없지만 나는 그냥 '소'라는 동물이 좋았다. 그래서 소와 함께 느긋하게 살고 싶다는, 지금 생각하면 정말 현실감 없는 철부지의 선택이었다. 하지만 그 순간적이고 낭만적인 충동이 내 인생을 생각지도 못했던 전혀 다른 길로 이끌었다.

느긋하고 낭만적인 생활을 하고 싶어 지원한 농과대는 대학생활을 시작함과 동시에 내 철없는 환상이 얼마나 어처구니없는 것이었는가를 깨닫게 해주었다. 공부도 공부였지만 주위의 눈이 그랬다. 막말로 '농과는 대학도 아니다'란 식이었다. 심지어 과대표가 미팅을 주선하기도 힘들다고 하소연했다. 대구에 있는 여대에서는 아무도 우리 과와의 미팅을 수락하지 않는다고 했다. 덕분에 나는 대학생이 되고 1년 동안 단 한 번의 미팅도 해보지 못했다. 그때는 정말 재수를 해야 하는 게 아닌가 심각하게 고민도 했었다.

하지만 결국은 내가 의대가 아니라 농대에 간 것이 과학원에 들어가는 계기를 만들었다. 과학원은 1970년대 초 과학기술 인재 양성을 목적으로 설립되었는데, 권오현 삼성전자 대표이사 부회장과 서길수 영남대 총장, 신성철 디지스트(DGIST 대구경북과학기술원) 총장 등이 그때 나와 동문수학한 동창이다. 물론 과학원도 한 번에 붙지는 못했다. 하지만 과학원만은 차선이 없었다. 나는 재수를 했고, 다음해에 합격의 기쁨을 누렸다. 아마 내가 부모님을 기쁘게 해드린 첫 수확이 아닌가 싶다.

생각해보면, 나야 자신이 낸 결과니 결론이 참담해도 어쩔 수 없지만 부모님이 무슨 죄인가 싶다. 하나 있는 아들놈 탓에 밤잠을 못 이루며 맘고생 하셨을 어머니아버지를 생각하니 지금도 죄송스런 마음을 감출 길이 없다.

사실 나는 학벌과 전공 콤플렉스로 마음고생 꽤나 했다. 한 번은 이런 에피소드도 있었다. 농촌진흥청에서 환경청으로 옮긴 후 얼마 되지 않았을 때니 1980년쯤이었을 것이다. 옆 부서에서 협조결재에 들어갔는데, A과장이 결재를 하면서 BOD(생물화학적 산소요구량으로 수질오염의 지표가 된다)를 물었는데, 내가 바로 대답을 하지 못했다. 그러자 A과장이 대뜸 어느 대학 출신인지를 물었다. 그리곤 혼잣말처럼 중얼거렸다.

"그러니까 이 모양이지."

정말 그때는 욱 하는 마음에 당장이라도 다 때려치우고 싶었다. 상사의 질문에 즉답을 하지 못한 건 물론 나의 준비 부족이지만, 그것이 어찌 학벌의 문제이겠는가. 게다가 대놓고 무시하는 말투라니…. 상사로서의 인품 자체가 결여된 사람이었다.

하지만 지금 생각해보면, 그날의 수모가 나에게는 채찍이 되어 스스로를 발전시키는 원동력이 되었으니, 오히려 그에게 감사를 드려야 할지도 모르겠다. 환경공학 박사학위를 준비할 때도, 기술사 자격증을 따기 위해 늦은 밤 깨어 있을 때도, 마음이 느슨해지는 날이면 나는 그의 얼굴과 말투를 떠올리며 스스로를 채찍질했으니 말이다.

인생사 세옹지마라고 했던가. 살아갈수록 참으로 와 닿는 말이 아닐 수 없다. 좋은 일이든 나쁜 일이든 어느 한쪽으로만 치우치는 일은 거의 없다. 한 예로, 미팅마저도 거절당했던 내 전공도 문경시장 시절에는 효자노릇을 했다. 문경은 인구의 절반이 농업에 종사하고 있기 때문이다.

서양에도 '신은 한쪽 문을 닫으실 때 다른 쪽 문을 열어주신다'는 말이 있다. 내게는 의과대에 미끄러져 어설픈 마음으로 선택했던 농과대가 전화위복이 된 셈이니, 운명이란 때론 뜻하지 않는 방법으로 자신의 자리를 찾아주는 듯하다.

2장

선거에 대처하는 자세

선거에는 왕도가 없다.
돈이 많다고 되는 것도 아니고,
학벌이 좋다고 되는 것도 아니다.
인품과 학식이 뛰어나다고 되는 것도 아니다.
매사 성심으로 정성을 쏟아야 한다.
보이는 것도 중요하지만 보이지 않는 것이 더 중요하다.

단골과 친근감

개인적으로 좋아하는 입맛이나 스타일이라는 게 없을 리 없지만, 선거에 나서는 사람에게 '단골'이라는 말은 금기 사항이다. 단골이라는 소문이 나는 순간, 단골이 아닌 식당이나 단골이 아닌 이발소로부터는 등을 지게 되기 때문이다. 혹은 '단골'이라는 말로 엉뚱한 오해의 소지를 불러일으킬 수도 있기 때문이다.

선거를 준비하면서도 그랬고, 시장 재임 시절에도 내가 제일 즐겨 먹었던 음식은 자장면이었다. 나중에 안 사실이지만, 나의 수행비서들은 어디 가서 자장면 소리만 나와도 질겁을 했다고 한다. 싫다는 소리도 못하고 나와 같이 먹은 자장면에 아주 물려버렸기 때문이란다. 그러면서 왜 그렇게 자장면을 좋아하시느냐고 물었다.

내가 자장면을 좋아하는 것은 사실이지만, 실은 자장면을 먹는데는 그만한 이유가 있었다. 선거를 준비하며 바쁜 일정을 소화하는 데 시간만큼 절실한 것이 없다. 아무리 쏟아 부어도 부족한 것이 시간이다. 한정된 시간을 아껴 쓰려면 아무래도 우선순위에서 좀 밀리는 곳에서 할당된 시간을 빼오는 수밖에 없다. 사람마다 다르겠지만, 내게 있어서 가장 쉽게 빼낼 수 있는 시간은 식사시간이었다. 그 식사시간을 줄이는 데 자장면만큼 편리한 것이 없다. 주문해서 나오는 데 걸리는 시간도 짧고, 먹는 데도 5분이면 된다. 하긴 수행비서들은 내가 자장면을 너무 빨리 먹는 것도 스트레스였다고 했다.

아무튼 선거를 준비하면서 나는 자장면 덕을 많이 봤다. 값도 싸고, 빨리 먹을 수 있고, 식사하면서 많은 시민들과 자연스럽게 만날 수 있기 때문이다. 무엇보다 같은 식당에서 자장면을 먹는다는 사실만으로도 시민들은 내게 '서민적'이라며 친근감을 느낀다.

선거에 나서는 사람이라면 '단골'이라는 치우친 느낌보다는 다수의 사람들에게 어떤 친근감을 느끼게 하느냐가 중요하다. 계획한 것은 아니었지만, 내 경우에는 '자장면'이 그 역할을 훌륭히 해준 셈이다.

적자생존

기억력의 천재로 기네스북에 오른 에란카츠라는 유대인이 있다. 히브리대에서 정치학을 전공한 뒤 현재 메가마인드 메모리트레이닝의 CEO로 활동하고 있는 그는, 500자리 숫자를 한 번에 듣고 기억한다고 한다. 우리나라에는 그보다 더한 기억력의 천재가 있었다. 조선 후기 문신으로 신유박해 때 옥사한 이가환은, 한 차례 눈으로 보기만 해도 죽을 때까지 잊지 않았다고 한다. 정조 임금도 감탄하게 만든 그의 기억력은, 오래된 기억조차도 우연한 자극으로 수천 마디를 술술 외웠다고 한다.

"우리 시장님은 한 번 만나면 이름까지 다 기억해."

문경시장 재임시절, 직원들 사이에서 나는 시민들 이름을 잘 기억하기로 소문이 꽤 났었다. 어림없는 소리다. 만난 사람들의 이름을 단번에 기억할 수 있다면 얼마나 좋을까. 하지만 나는 에란카츠나 이가환 같은 기억력의 천재가 아니다. 한 번 만난 사람의 이름을 기억한다는 것은 어쩌면 불가능한 이야기인지도 모른다.

그럼에도 불구하고 내가 시민들 이름을 잘 기억한다는 말을 들을 수 있었던 것은 오로지 '메모'의 힘 덕분이었다.

'적자생존'이라는 말이 있다. 우리가 모두 알고 있는 생물학적 이야기가 아니다. DJ와 노무현 정부에서 스피치 라이터로 활동한 강원국 작가의 말로, '적자생존, 즉 적는 자만이 살아남는다'라는 뜻이다. 2년 전 그가 쓴 『대통령의 글쓰기』란 책에서 이 말을 처음 접했을 때 나는 무릎을 탁 쳤다. 참으로 적절한 표현이 아닐 수 없었다.

선거를 준비하는 사람은 기억력이 좋아야 한다. 만나는 수백, 수천 명의 사람들이 모두 자기를 기억해주기를 바라기 때문이다. 보통사람으로서는 불가능한 이 일을 유일하게 가능한 것처럼 보이도록 만드는 것이 바로 '적자생존'이다.

처음 선거운동에 임했을 때가 생각난다. 2001년 가을 환경부를 그만두고 낙향하여, 그해 12월에 농민단체 대표 10여 명과 함께한 식사자리가 있었다. 누구누구라고 자기소개를 했지만 발음도 명확하게 들리지 않았고, 명함도 없이 한꺼번에 10여 명의 이름을 기억할 수는 없었다.

다행히 식사를 하면서 회원들 간의 이야기가 오갔고, 각자의 직함과 이름이 오르내렸다. 나는 그 순간들을 포착하여 직함과 이름, 인상착의를 기억해두었다가 대화가 일단락되고 난 다음 화장실에 가서 그동안 기억해둔 내용을 메모지에 옮겼다. 한 시간 정도 진행된 모임이 끝나고 나는 또 추가 메모를 했다. 그리고 집에 가서는 그날그날 만난 분들의 기록을 정리하였다. 한 달쯤 뒤에 그날 모임에 참석한 분을 다른 모임에서 만나게 되었다. 내가 반갑게 이름과 직함을 부르며 악수를 청하자 그 분은 깜짝 놀라셨다. 내 메모가 힘을 발휘한 순간이었다.

환경부에 근무할 때에도 비슷한 에피소드가 있다. 환경부에 근무할 당시 나는 서울에 있는 K대학의 환경공학과에 한 학기 강의를 나간 적이 있었다. 그때 내 강의를 수강한 학생은 40명 남짓 되었는데, 나는 수업 첫날 학생들에게 공표했다.

"여러분, 저는 출석 부르는 시간이 아까우니 출석은 부르지 않겠습니다. 그래도 종강할 때에는 제가 여러분의 이름을 다 기억할 겁니다."

일종의 엄포였다. 비록 출석은 안 불러도 이름은 기억하고 있으니 수업에 빠지지 말라는 뜻이었다. 학생들이 내 뜻을 제대로 알아들었는지 어쩐지는 몰랐지만, 아무튼 나는 약속대로 한 한기 내내 출석을 부르지 않았다. 마지막 수업을 마치고 학교 앞 호프집에 학생들을 초대했다. 일종의 종강파티였다. 열 명씩 둘러앉은 테이블을 순회하며 나는 학생들 한 명 한 명의 이름을 정확히 불러주었다. 학기 초에 한 약속을 지킨 것이다. 당시 내 수업을 들었던 학생들을 후에 환경부에서 다시 만났다.

"교수님, 저는 지금도 이해가 안 됩니다. 한 한기 내내 출석 한 번 안 부르시고 어떻게 40명의 이름을 다 기억하신 겁니까? 우리 학교 정규 교수님은 4년간 수업을 해도 저희들 이름을 잘 모르시는데 말입니다."

그날 나는 그에게 진실을 이야기해주었다. 중간고사와 기말고사 기간에 시험 감독을 하면서 학생들의 이름을 암기했고, 그것으로는 부족하여 학과 사무실에 비치된 학생명부를 보고 확인하고 또 확인했다고. 비록 모두가 기대하지도 않았던 일이라도 내 입으로 한 학생들과의 약속은 지키고 싶었다고.

기억은 관심이며 메모이다. 머리로 기억하는 게 아니라 기록으로 한다. 다산도 둔필승총(鈍筆勝聰)이라 하지 않았던가. 메모가 총명한 머리보다 낫다.

스피치

스피치라고 하면 제일 먼저 연상되는 문구는 〈of the people, by the people, for the people〉이 아닐까 싶다. 남북전쟁이 끝나고 게티즈버그 전투에서 희생된 병사들을 위해 국립묘지에서 했던 링컨의 명연설 중 한 구절 말이다. 300 단어가 채 안 되는, 2분 남짓한 이 연설이 세상에서 가장 유명한 '전설의 스피치'로 알려진 이유는 무엇일까?

2010년 8월 15일. 그날 문경중학교 동창회 체육대회가 있었다. 열 시부터 시작되는 개회식에 나도 시장 자격으로 참석하였다. 동창회장, 교장선생님, 국회의원, 그리고 내가 네 번째 순서였다. 8월의 햇볕이 내리쬐는 운동장에서 동창회장, 교장선생님, 국회의원의 순서로 이어지는 축사와 인사말을 들으며 동창회원들은 연신 땀을 닦아내고 있었다. 그늘막에 앉아 순서를 기다리는 나도 이렇게 땀이 나는데, 뙤약볕에 서 있는 저들 심정은 어떨까 싶었다.

드디어 나를 소개하는 멘트와 함께 내 이름이 불렸다. 나는 무대 단상에 오르는 순간 말없이 큰절을 올리고 반절 한 번을 한 다음 무대를 내려왔다. 우레와 같은 박수가 터져 나왔다. 열변을 토한 앞의 세 사람보다 아무 말도 하지 않은 내가 박수를 더 많이 받았다. 그분들은 내가 무슨 얘기를 하고 싶은지 이미 알고 있었고, 나는 말이 아니라 큰절을 올리는 것으로 내가 하고 싶은 얘기를 전달했다.

사실 2년 전 문경중학교 동창회에서도 나는 세 마디만 했었다.

"축하드립니다. 그동안 지역에서, 객지에서 도움주신 점 감사드립니다. 동창회의 무궁한 발전을 기원합니다."

세 마디 하는 데 걸린 시간은 정확히 30초였다. 지난해 동창회 때는 더 줄었다.

"감사합니다, 감사합니다."

시간은 3초였다. 그런데 곰곰이 생각해보니 올해는 그 감사하다는 한마디도 필요 없지 싶어 그냥 큰절만 한 것이다. 스피치란 내가 하고 싶은 얘기를 하는 게 아니라 상대방이 듣고 싶어 하는 얘기를 해주는 것이다. 나는 울고 웃었던 다섯 번의 선거를 통해 이 사실을 알게 되었다.

2004년 제55대 미국 대통령 선거를 앞두고 민주당 후보 전당대회에서 초선의 오바마 상원의원은 15분간의 키노트(key note) 스피치를 하였고, 이 스피치는 많은 미국인들을 감동시켰다. 주제는 〈미국인은 하나다〉였다. 미국은 백인의 나라도 아니고 흑인의 나라도 아니며, 라틴계 미국인의 나라도 아니고 동양계 미국인의 나라도 아닌, 이 모두가 하나인 것이 미국이라며 주위를 숙연하게 했다. 사람의 마음을 파고드는 명연설이었다.

그날 민주당 전당대회에서는 존 케리 대통령 후보보다 찬조 연설자였던 오바마 상원의원의 무대였다. 결국 그날의 연설이 4년 뒤 오바마 상원의원을 제56대 미국 대통령으로 만드는 결정적인 계기가 된다.

오바마 대통령의 스피치의 장점은 무엇보다 매우 간결하다는 것이다. 어려운 단어보다 누구나 이해할 수 있는 쉬운 말로 표현하며, 역동적이고 힘 있는 목소리로 반복화법을 사용하여 청중들의 집중력을 높인다. 그리고 화룡점정은 매우 감성적인 표현으로 대중의 심금을 울리는 데 있다. 링컨의 명연설처럼 말이다.

"국민의, 국민에 의한, 국민을 위한 정부는 이 땅에서 영원히 사라지지 않을 것입니다(Government of the people, by the people, for the people shall not perish from the earth.)."

선거의 왕도

선거에는 왕도가 없는 것 같다. 흔히 선거에 이기기 위해 필요한 조건으로 세 가지를 꼽는데, 첫째가 경제력이요, 둘째가 조직력, 셋째가 스피치이다. 간단히 말해서 막강한 경제력과 조직력으로 멍석을 깔고 명연설로 대중의 마음을 사로잡으면 된다는 뜻이다.

"조직은 선거에서 돈이 흘러가는 통로(Flow chart of money)예요. 조직이 없으면 돈을 쓸 수도 없어요. 선거 조직에서도 누수 현상이 있습니다. 보통 누수율이 50% 이하면 아주 괜찮은 조직이지요."

안동에서 3선 의원을 지낸 K의원의 귀띔이다. 경제력과 조직력은 양손과 같다. 한 손으로는 박수를 칠 수 없듯이 돈만 있어도 안 되고 조직만 있어도 안 된다. 조직은 돈이 흘러가야 움직인다. 그래서 선거 조직을 공중전화에 비유하기도 한다. 돈 넣은 만큼 움직인다는 뜻이다.

나는 다섯 번의 선거를 치르면서 빈약한 주머니 탓에 고생 좀 했다. 돈 없는 놈이 선거에는 뭐 하러 나왔냐며 대놓고 욕도 많이 먹었다. 처음에는 중앙부처에서 공무원을 하다 왔으니 겉으로 없다 해도 다 나름 챙겨둔 돈이 있는 줄 알고 내 말을 믿지 않았지만, 이제는 문경시민들이 다 아신다.

그렇다면 선거를 위해서는 어느 정도의 경제력이 뒷받침해주어야 하는 걸까? 보통은 '다다익선'이라고 표현한다. 많을수록 좋다는 거다. 물론 돈이 많다고 해서 선거에서 이기는 건 아니다. 하지만 아무리 선거법이 강화되어도 돈과 조직이 없으면 선거에서 이기기 힘들다. 특히 농어촌 지역이 그렇다.

이처럼 경제력과 조직력은 한 쌍으로 움직이지만 스피치는 다르다. 물론 경제력과 조직력 위에 스피치는 최강의 힘을 발휘할 수 있는 것이지만, 그런 뒷받침이 없더라도 때와 장소에 걸맞은 스피치야말로 대중에게 '나'를 어필할 수 있는 최대의 기회다.

2006년 5월 어느 날, 선거를 앞두고 모 화장품 회사에 아침인사를 갔다. 사장님께서 나에게 잠시 시간을 할애해주셔서 사원들 앞에서 인사말을 했는데 아무 반응이 없었다. 박수는커녕 관심도 없었다. 정말 '소 닭 보듯' 했다. 순간의 정적에 나는 대뜸 노래 한 곡 불러도 되겠냐고 물었다. 그러자 당장 박수가 터져 나왔다.

마이크도 없이, 반주도 없이 나는 그냥 다짜고짜 노래를 불렀다. 음정, 박자는 중요하지 않다. 그저 열심히 부르면 된다. 내 마음이 통했는지 모두들 박수를 치면서 동조했다. 여러 사람이 있는 자리에서 어색한 분위기를 바꾸는 데는 대중가요만한 게 없다는 걸 그때 알았다. 그날 이후 나는 마을회관에 인사를 가서도 가끔 분위기를 살펴 노래를 불렀다. 때론 분위기를 위해 부른 노래가 심금을 울리는 명연설보다 대중에게 가깝게 다가서기도 한다.

또 하나, 선거에서는 '불쌍해 보이면 당선되고, 똑똑해 보이면 떨어진다'는 속설이 있다. 내 경우에도 다섯 번의 선거 중 당선된 두 번은 모두 어려운 상황에 처해 있을 때였다. 측은지심이 표로 이어진다는 뜻인가?

결코 아니다. 내가 정치를 오래한 것은 아니지만, 이 말의 속뜻은 '겸손'에 있는 것이 아닌가 싶다. 선거에 임하는 마음가짐은 첫째도 겸손이요, 둘째도 겸손이다. 그저 나 잘났다 오만해서도 안 되고, 반드시 될 것이라고 자만해서도 안 된다. 오만해지면 주변의 이야기가 들리지 않고, 자만에 빠지면 방심하게 된다. 주변을 살피지 않고 방심하는 자를 누가 믿어주겠는가? 선거에 이기고 싶다면 우선 자신을 낮추는 법부터 배워야 한다.

공천과 권모술수

제20대 총선의 공천은 말도 많고 탈도 많았다. 한마디로 공천전쟁이었다. 특히 TK지역은 공천만 받으면 50점 따고 들어간다고 하고, 10% 지지율을 보이는 후보도 공천만 받으면 당선된다는 말이 있을 만큼 공천이 중요하다. 일이 이러하니, 무소속은 당선되기도 어렵지만 돈도 많이 든다. 나의 경험으로도 무소속 선거는 '계란으로 바위 치기'라는 말이 절로 떠오를 만큼 힘들고 어려웠다.

그렇다면 공천을 받으려면 어떻게 해야 할까? 물론 정답은 없다. case 바이 case이고, 공천권자 마음이다. 공천장에는 공천권자가 당 대표로 되어 있지만, 당 대표 혼자 어떻게 전국 선거의 공천을 다 할 수 있겠는가. 시장 혹은 군수의 공천권자는 실질적으로 지역 국회의원이고, 국회의원의 공천권자는 중앙당이다. 분명한 것은, 공천권자의 눈 밖에 나면 무조건 공천을 받을 수 없다는 사실이다.

최근에는 모든 정당에서 투명한 공천이라는 명목 하에 여론조사를 실시하는 등 나름 개선하고자 하는 노력을 보이지만, 그래도 여전히 공천은 공천권자의 마음이다. 여론조사에서 1등을 해도 공천을 못 받을 수 있다는 뜻이다. 나의 경우만 해도, 나는 2010년 지방선거 새누리당 자체 여론조사에서 60% 이상의 높은 지지율을 얻었음에도 불구하고 결국 공천을 받지 못했다.

공천은 하느님도 마음대로 못한다는 A국회의원의 말이 떠오른다. 다섯 번의 선거를 통해 공천이 얼마나 어렵다는 것을 나 또한 분명히 깨달았다.

내가 환경부를 그만두고 시장 선거에 출마하겠다고 나서자, 가까운 지인들은 처음에는 농담인 줄 알았고 다음엔 정색을 하며 말렸다. 학교 다닐 때부터 나를 아는 친구들은, 내성적인 성격에 남 앞에 나서기 싫어하고 '콩 심은 데 콩 나고 팥 심은 데 팥 나는' 융통성 없는 내 성격을 잘 알기에 언감생심 '정치'는 생각도 말라고 했다. 환경부 동료도 마찬가지였다.

"신 국장, 선거 아무나 하는 거 아니야. 돈도 있어야 하고, 권모술수도 있어야 하는데, 당신처럼 순진한 사람이 선거판에서 살아남을 수 있겠어? 다시 한 번 잘 생각해보고 신중하게 결정하는 게 좋겠어."

그들은 선거판의 현실을 잘 알고 있었다. 브로커들이 우글거리고, 온갖 감언이설이 난무하며, 권모술수 없이는 견뎌내지 못하는 곳이 바로 선거판이라고 믿었다. 실제로 선거전에 나서니 소위 브로커라는 사람들이 판을 쳤다. 문제는, 내 눈으로는 누가 브로커이고 누가 진짜배기인지 구분할 수 없었다는 점이다. 나중에 안 사실이지만, 표 많다고 얘기하는 사람이 대부분 브로커였다.

예나 지금이나 정치판에서 권모술수(權謀術數)는 필요악이다. 권모술수가 무엇인가. 요령이 있고 임기응변에 능한 사람들을 가리켜 우리는 보통 '권모술수에 능한다'고 표현한다. 분명한 것은 권모술수가 정도(正道)는 아니라는 점이다.

황인경의 『소설 목민심서』를 보면, 죽란시사(竹欄詩社)라는 다산의 개인 모임이 있는데, 그 일원인 한치응이 정치에 대해 이야기하는 대목이 나온다.

"정치하는 사람은 변신할 줄 알아야 합니다. 토끼 가죽을 썼다가 곰 가죽도 쓰고, 때에 따라서는 호랑이 가죽도 쓸 수 있는 임기응변이 필요하지요."

그러나 다산의 의견은 달랐다.

"정치란 성실과 정직이 제일 중요하지요. 권모술수는 그 자체가 권모술수일 뿐입니다. 칼을 쓰는 자는 칼로 망하는 법입니다."

나 또한 다산의 의견에 동의한다. 이는 내가 단순히 다산의 팬이어서가 아니라, 나의 뼈저린 경험에 의한 것이다. 나는 문경시장으로 일하면서 권모술수를 부리지 않았다. 돌을 던지면 맞고, 밀면 넘어졌다. 그런데 일부 지역 신문은 지금도 나를 음해하고 사실을 왜곡하고 있다.

사실이 아니겠지 믿었던 사람들도 한 번 찍고, 두 번 찍으면 "아니 땐 굴뚝에 연기 날까" 하면서 신문에 실린 글을 믿는다. 정말 답답한 노릇이다. 그때 알았다. 죄는 짓는 것이 아니라 만들어질 수도 있다는 것을!

물론 내가 다 잘했다는 것은 아니다. 내게도 잘못은 있었다. 당연히 신문에 실리는 그런 일이 아니다. 내 잘못은, 앞서 얘기했던 '겸손'을 잊고, 그 자리에 오만과 자만이 자라도록 방치했다는 데 있다.

2011년 12월, 나는 4년이라는 문경시장의 임기를 채우지 않고 국회의원 출마를 위해 사퇴 성명을 발표했다.

"시민 여러분, 더 큰 문경 발전을 위해 저는 이 길을 선택했습니다…."

시장보다는 국회의원이 되면 문경의 발전을 위해 더 큰소리를 낼 수 있을 거라고 믿었다. 당시 지역 국회의원과의 갈등도 있었고, 솔직한 심정으로는 공천을 못 받아도 무소속으로 당선될 수 있다고 믿었다. 2010년 지방선거에서 무소속으로 출마하여 압도적으로 당선되었고, 국군체육부대 유치 등 업무 성과에 고무되어 그만 착각을 한 것이다. 얼마나 오만방자한 생각인가!

그때 많은 분들이 만류했었다.

"신 시장, 시장 중도 사퇴는 약속 위반이야. 시민을 배신하는 거라고!"

"사표는 당신이 쓰는 거지만, 시장이라는 자리가 당신 혼자만의 자리는 아니잖아."

더 심한 표현으로 반대하는 분들도 있었다. 어머니를 비롯한 가족의 반대도 심했다. 정말 나 말고는 어느 누구도 나의 섣부른 결정에 찬동하지 않았다. 하지만 앞서 얘기했듯이 '오만'이란 놈은 한 번 자리를 잡으면 모든 귀를 닫게 한다. 당시 나의 귀에는 아무것도 들리지 않았다.

지금 돌이켜보면 이처럼 뻔히 보이는 것을 그때는 왜 깨닫지 못했는지…. 무엇보다 죄스러운 것은, 당시의 잘못된 내 선택으로 인해 내 주변의 많은 사람들이 피해를 보았다는 사실이다. 나와 가깝다는 이유로 공무원들이 승진에서 누락되고, 오지나 한직으로 밀려났다. 사업하시는 분들도 나와 가까운 분들은 모두 엉뚱한 손해를 입었다. 게다가 내가 계획했던 일들은 수정되거나 중단되었고, 내가 유치한 사업들은 애물단지 취급을 당했다.

　주변의 우려에 귀 기울여 내가 조금만 더 신중했더라면 생기지도 않았을 일이 벌어진 것이다. 그러나 당시 나는 듣는 귀를 갖지 못했고, 2012년 4월 제19대 국회의원 선거에서 문경·예천 지역에 무소속으로 출마한 나는 보기 좋게 낙선하였다. 국회의원이 되어 더 큰 문경 발전을 이루겠다는 내 꿈은, 시장 중도 사퇴라는 원죄와 공천 탈락이라는 현실의 장벽 앞에서 산산조각이 나고 만 것이다.

3장

시련은 있어도 포기는 없다

시련의 세월은 아파도
시간이 지나면 다 큰 인생 공부가 된다.
상처란 아름답지는 않아도
소중한 경험이요, 값진 추억이니까.
절망 속에서 피는 희망의 꽃이야말로
언 땅을 뚫고 나오는 새싹처럼 강한 법이다.

낙선, 그날 이후

2002년 6월 14일은 내 인생 최악의 날이었다. 선거가 끝난 다음 날인 그날을 생각하면 지금도 온몸에 소름이 돋는다.

아침에 일어나 보니, 당시 점촌초등학교 교사였던 아내는 출근을 했고, 투표 결과를 지켜보느라 모여 있었던 친인척들도 엊저녁에 다 떠났는지 아파트에는 나 혼자였다. 답답한 마음에 베란다로 나가 창문을 열고 밖을 내다보았다.

여름을 알리는 햇살이 쏟아져 내리는 거리에는 사람들이 종종걸음으로 움직이고 있었고, 아파트 단지 내 놀이터에는 서너 명의 꼬맹이들이 나무 그늘에 옹기종기 모여 앉아 흙장난을 하고 있었다. 무엇 하나 달라진 것이 없었다. 그저 오늘은 어제와 다름없는 내일이었다. 그런데 나의 세상만이 어제와 달랐다. 나는 이제 갈 곳이 없었다. 20여 년을 출근하던 환경부에도 더 이상 내 자리는 없었고, 문경시장이 되겠다던 꿈도 물거품이 되었다.

새누리당(당시 한나라당) 공천만 받으면 시장 당선은 따 놓은 당상인 줄 알았다. 그런데 뜻밖의 결과가 나왔다. 나는 운 좋게 첫 선거에서 공천을 받고도 무소속 후보에게 1,300표 차로 낙선하였다. 부지깽이만 꽂아도 당선된다는 TK 지역에서 당 공천을 받고도 떨어진 것이다. 경북 23개 시장·군수 선거에서 나 혼자만 떨어졌다. 실패할 것이라고는 꿈에도 생각지 않았기 때문에 낙선의 충격은 배가 되었다. 그동안 살아오면서 크고 작은 성공과 실패를 경험했지만, 첫 선거의 패배만큼 나를 당황하게 만든 것은 없었다.

말 그대로 정말 눈앞이 캄캄했다. 앞으로 살아갈 길이 막막했다. 아무런 생각도 떠오르지 않았고, 사람들과 부딪히는 것도 싫었다. 오전 내내 집 안을 서성거리다 끊었던 담배까지 찾아서 피웠다. 내 초조함을 아는지 모르는지 시간은 참으로 더디게만 갔다. 정오가 가까워오자 시장기가 돌았다. 보이는 대로 라면을 하나 끓여 먹다가 순간 헛웃음이 났다. 이런 와중에도 배가 고프다니….

오후가 되어서야 겨우 정신을 가다듬고 밖으로 나왔다. 혹여 아파트 주민들과 마주칠세라 서둘러 운전대를 잡았다. 아파트는 빠져 나왔는데 어디로 가야 할지 망설여졌다. 한참을 고민하다 일단 선거 사무실로 향했다.

선거 사무실에는 선거 사무장과 회계 책임자가 자리를 지키고 있었다. 두 사람은 내 얼굴을 보자 울분을 토해냈다. 상대방이 돈 봉투를 돌리며 불법 선거운동을 했다며 정말 억울하다고 했다. 그러나 내 귀에는 그들의 이야기가 잘 들리지 않았다. 한 30분쯤 지나니 여기도 내가 있을 곳이 못 되는구나 싶은 생각에 자리에서 일어나 사무실을 나왔다. 다시 운전대를 잡았지만 여전히 갈 데가 없었다.

문득 어머니 얼굴이 떠올랐다. 어머니라도 뵙고 엉엉 울고 싶었다. 그런데 막상 본가에 도착하고 보니 어머니 뵐 면목이 없었다. 결국 나는 마을 어귀에서 핸들을 돌려 목적지 없이 앞으로 나아갔다. 그렇게 두세 시간쯤 달렸나 보다. 아마 괴산군 영풍면 근처까지 갔던 것 같다. 해가 떨어지고 어둠이 밀려올 무렵이 되어서야 나는 집으로 돌아왔다.

다음날도, 그 다음날도, 또 그 다음날도 나는 운전대를 잡고 정처 없이 떠돌았다. 심리적으로는 공황상태였고, 머릿속은 새하얀 백지였다. 대인기피증까지 생겨 엘리베이터에 다른 사람이 타는 것도 꺼려졌다. 그렇게 3개월이라는 시간이 흘렀을 무렵, 서울에 있는 선배가 일자리를 소개해주었다. 서울에서 새로운 직장생활에 적응하면서 나는 마음을 가다듬기 시작했다.

와신상담(臥薪嘗膽)이라는 사자성어를 가슴에 새기며, 4년이라는 인고의 세월이 나를 더욱 단단하게 만들어줄 거라고 믿었다. 더 이상의 패배는 없어야 했기에 나는 시간 나는 대로 문경의 구석구석을 발로 뛰었다. 서울과 문경을 화장실 다니듯 오갔다. 4년간 내가 운전하며 달린 거리가 30만 킬로가 넘을 정도다.

당시에는 어디를 가나 사람대접을 받지 못했다. 늘 '을(乙)' 대접이었다. 아니, '병(丙)'의 신세였다. 내빈 소개는커녕 내가 나타나면 모두들 피하기 바빴다. 특히 시청 공무원들이 그랬다. 혹여 나와 가깝다고 소문이라고 나면 인사 불이익을 당할 수도 있지 않을까 싶은 우려 때문이었다.

한 번은 실내수영장 준공식에 참석했는데, 내빈석 자리가 비어 있어 앉았더니 담당 공무원이 와서 거기는 내빈 자리이니 자리를 비켜 달라고 했다. 나도 내빈이라는 말이 목구멍까지 올라왔지만 그냥 참고, 내빈이 오면 비켜주겠다고 했다. 하지만 소용없었다. 그저 무조건 옮기라고만 했다. 물론 그가 말하는 내빈은 끝까지 오지 않았다. 그런 일이 다반사였다.

현직들이 수행원을 대동하고 행사장을 활개치고 다닐 때, 나는 눈치 보면서 이 구석 저 구석 찾아가며 튀지 않으려고 애썼다. 입에 담지 못할 짓궂은 이야기를 들어도 그저 웃어넘겨야 했고, 예의 없이 주는 술잔도 무조건 받아 마셔야 했다.

다음 선거를 생각하며 나는 4년간 일요일 늦게까지 사람들을 만나고, 월요일 새벽 네 시에 출근을 위해 서울로 향했다. 그때까지만 해도 중부내륙고속도로가 개통되지 않았던 터라 국도로 다녀야 했는데, 잠이 부족하여 어떤 때는 반은 졸면서 운전하기도 했다. 겨울철에는 특히 힘들었다.

졸음운전을 하다가 전봇대를 비켜 부딪친 적도 있고, 눈 오는 날에는 제2 소조령 부근의 내리막길에서 미끄러지는 바람에 180도 회전하여 반대편 차선으로 처박힌 적도 있었다. 새벽이라 반대편 차선에 다른 차가 없었기 망정이지 정말 큰 사고로 이어질 뻔했다. 지금 생각해도 아찔한 순간이었다.

잠이 부족하고 몸이 고돼도, 사람대접 받지 못하고 유령 취급을 당해도, 나는 내가 하고자 하는 일을 하면서 4년을 버텼다. 조금이라도 정신이 해이해지려고 하면 선거 다음날의 나를 떠올리며 마음을 다잡았다. 덕분에 나의 두 번째 선거인 2006년 지방선거에서는 60%가 넘는 지지율로 당선될 수 있었다.

허위사실유포죄

영광스런 당선의 기쁨도 잠시, 전혀 예상치 못한 일이 있어났다. 2006년 9월, 시장 취임 2개월 만에 〈허위사실 유포〉 혐의로 기소가 된 것이다. 마른하늘에 날벼락이 떨어진 꼴이었다. 압도적으로 이긴 선거에서 낙선자 측에서 후보자 방송토론을 문제 삼으리라고 어찌 상상이나 했겠는가. 문경시장 후보자 방송토론은 당시 문경시 선거관리위원회에서 주관하여 안동 MBC에서 방송되었는데, 문제가 된 발언 내용은 불과 30초 분량이었다.

"박 후보께서는 문경시장 재직 시, 판공비를 하루에 100만 원, 1년에 3억 가까이 썼습니다…."

이 발언 내용을 공직선거법에 의한 허위사실유포죄로 기소한 것이다. 후보자 방송토론에서 현직 시장을 상대로 판공비 문제를 거론한 것이 무슨 문제가 된다는 것인지 나는 이해할 수가 없었다. 개인의 사생활 문제를 까발린 것도 아니고, 앞으로 누가 시장이 되든 판공비를 좀 더 건전한 방향으로 잘 쓰자는 취지에서 문제를 제기한 것일 뿐인데 말이다.

물론 내가 현직이 아니다 보니 금액에 다소 차이가 있을 수는 있었지만, 이 점에 대해서는 상대방에게 반론 기회가 주어지지 않았던가. 사실 경찰과 검찰의 피의자 조사를 받을 때만 해도 나는 별로 걱정하지 않았다. 단지 당선에 따른 해프닝 정도로 끝날 줄 알았다. 없는 말을 한 것도 아니고 내가 모략을 꾸민 것도 아닌데, 단지 기소되었다는 이유만으로 겁먹을 필요는 없다고 생각한 것이다.

게다가 허위인지 아닌지의 핵심은 1억이냐 3억이냐의 해석상 문제였다. 원래 시장의 업무추진비(판공비)는 시장이 비교적 자유롭게 집행할 수 있는 포괄예산으로, 문경시의 경우는 시장의 업무추진비가 시장이 직접 집행하는 것이 연간 1억 원이고, 실·과·소에서 집행하는 예산까지 합하면 연간 3억 원 정도 된다.

그런데 검찰은 무슨 연유인지 끈질기게 조사를 이어나갔다. 물었던 내용을 묻고 또 물었고, 발언의 저의가 무엇이었는지를 따졌다. 30초 발언 내용을 무려 30시간이나 조사 받았다. 문경경찰서에서 1차로 10시간 조사를 받고, 검찰에 송치된 후 2차에 걸쳐 또 20시간 조사를 받았으니 말이다. 그리고는 기소되었다. 기소가 되었을 때도 나는 크게 걱정하지 않았다. 재판부에서 사건의 실체적 진실을 판단해줄 것이라 믿었기 때문이다.

그러나 2007년 1월 16일 1심(상주지원) 재판 결과는 내 믿음을 완전히 저버리는 것이었다. 처음 시작은 좋았다. 고의성이 없음이 인정되었고, 방송토론인 점과 상대방에게 반론의 기회가 있었다는 사실도 인정되었다. 그 다음이 문제였다. 판사의 입에서 '미필적 고의'라는 단어가 나왔고, 문득 불길한 예감이 스쳤다. 무려 50분이나 되는 판결문의 설명이 이어졌다. 했던 얘기 또 하고, 부연 설명도 길었다. 하지만 결론은, 재판장의 최종 판결은 유죄였다. 나는 허위사실유포죄에 해당한다는 판결을 받고 벌금 250만 원을 선고받았다. 갑자기 정신이 몽롱해졌다.

공직선거법은 벌금 100만 원 이상이면 당선이 무효가 되고 향후 5년간 선거권과 피선거권이 박탈된다. 어떻게 얻은 자리인데, 당선 무효 형이라니, 도저히 받아들일 수가 없었다. 그때 상주법정에는 문경의 평산 신 씨 일가친지들 300여 명이 함께 자리했었는데, 그분들도 재판 결과에 울분을 터트렸다.

"그것이 어떻게 허위사실유포죄에 해당합니까?"

"기소한 사람이나 유죄 판결을 내린 사람이나 다들 한 통속인 거 아냐?"

"유전무죄, 무전유죄란 말이냐!"

그날 함께 자리했던 평산 신 씨들이 중심이 되어 '억울한 신 시장을 살리자!', '돈 없고 백 없는 신 시장을 살리자!'며 구명운동이 일었다. 누가 먼저랄 것도 없었다. 그저 '허위사실 유포' 죄를 뒤집어씌우고 8만 시민이 뽑은 시장 직을 인위적으로 박탈하려는 작태에 격분했던 것이다. 곧바로 변호사비 모금 운동으로 발전하여 일주일 만에 1억4천7백만 원이 모금되었고, 항소심(대구지방법원)과 상고심(대법원)에서 무죄를 받았다.

"방송토론의 경우, 상대방의 반론 기회가 주어지므로, 사실관계에서 진실과 다소 차이가 있다 하더라도 공직선거법에 의한 허위사실로 볼 수 없다."

대법원의 판결문 요지다. 무죄는 받았지만 나는 재판 과정에서 엄청난 대가를 치러야 했다. 변호사비만 3억4천7백만 원이 들었고, 나는 이 변호사비 때문에 4년 뒤 뇌물죄 수사를 받아야 했다.

더구나 1년간 재판을 받으면서 겪었던 마음의 고통을 어찌 다 글로 표현할 수 있을까. 대법원에서 최종 무죄가 확정될 때까지 하루도 마음 편할 날이 없었다. 가슴에 큰 바윗덩어리가 올라앉은 것처럼 밥을 먹어도 소화가 안 되고 잠 한 번을 편히 잘 수 없었다.

변호사비만 10억

　중앙부처에 근무할 때는 감사원 감사만 받아도 밥맛이 없었고, 문답서 조사만 받아도 잠을 못 잤다. 감사에서 1차 조사 결과 문제가 있다고 판단되면 2차로 문답 조사를 하는데, 문답 조사는 대부분 징계가 전제되기 때문이었다. 그랬던 내가 선거 몇 번 치르고 나니 감사원 감사는 일상 업무가 되다시피 했고, 경찰이나 검찰 조사도 다반사가 되었다.

　다섯 번의 선거를 치르며 나는 집행유예 한 번, 선고유예 한 번, 벌금형 두 번, 약식기소 한 번의 재판을 받았다. 교통사고 약식기소 한 번을 제외하면 네 번 모두 선거와 관련되어 기소된 것이었다. 영장청구, 가택 압수수색을 받고 경찰과 검찰로부터 압박을 받을 때는, 멀쩡한 엘리트 공무원 자리를 박차고 나와 내가 왜 이 고생을 하는지 후회도 되었다.

　일단 기소가 되면 전화 벨소리만 울려도 가슴이 철렁 내려앉는다. 전화기 자체가 공포였다. 언제 또 경찰이나 검찰에서 연락이 올지 몰라 전전긍긍했다. 실제 조사를 받는 시간보다 조사받기 전에 불안에 떨며 보낸 시간이 더 힘들었다. 2010년 가을에는 친구들 모임에서 부부동반으로 중국 여행을 갔는데, 여행 내내 전화기를 들고 불안에 떨었다.

마음 편히 여행 한 번 다니지도 못하고 내가 왜 이렇게 사나 싶은 생각이 수없이 들었다. 한 사건이 끝나면 또 다른 엉뚱한 사건이 불거져 나왔다. 늘 생각지도 못했던 일들이라 당할 때마다 당황스럽고, 참으로 억울했다. 아무리 생각하고 또 생각해봐도 과연 내가 유죄 판결을 받을 만한 짓을 한 것인지 여전히 의문스럽다.

남이 장군은 시 한 수 잘못 써서 스물여덟에 목숨을 잃었고, 다산은 성경 좀 읽었다고 18년간 유배생활을 했다. 기축옥사 때 전라도 도사 조대중은 정여립이 자살했다는 소식을 듣고 눈물을 흘렸단 죄로 참형을 당했다. 사실 그가 눈물을 보인 것은 정여립 때문이 아니라 사랑하는 한 관기와의 이별 때문이었지만, 그는 측근의 무고로 억울한 죽음을 당한 것이다. 연산군 때 임희재는 자기 집 병풍에 나랏님을 비판하는 글을 썼다고 갑자사화 때 참수되었고, 심지어 세종의 국구(장인)인 심온은 불경죄에 휘말려 죽임을 당한다.

이처럼 억울한 일은 옛날에만 있는 게 아니다. 현대사회에서도 마찬가지로 현재진행형이다. 국민의 77%가 재판이 불공정하다고 생각한다는 설문조사(법률소비자연맹)가 보도(한국경제신문 2012.2.2.)된 것만 봐도 알 수 있다.

나 또한 전적으로 동감한다. 물론 나도 처음부터 그랬던 건 아니었다. 첫 재판에서 유죄 판결을 받기 전까지는 재판장에 가면 나의 억울함이 해소될 줄 알았다. 재판은 누구에게나 공평한 거라고 생각했다. 그러나 막상 유죄 판결을 받게 되자, '정말 세상이 내 맘 같지 않구나', '세상에 믿을 놈 하나 없구나' 싶은 생각이 절로 들었다.

다섯 번의 재판을 치르면서 변호사비만 10억을 썼다. 산수로 따지면, 재판 한 번 받는데 2억이나 썼다는 말이 된다. 죄가 없다면 왜 그렇게 많은 돈을 주고 변호사를 사는 거냐고 의아해 할지도 모르겠다. 하지만 아무리 내가 잘못한 것이 없어도, 피를 토할 만큼 억울해도, 막상 수사를 받고 재판을 받다 보면 유명하고 비싼 변호사를 선임하지 않을 수 없게 된다. 아무리 돈이 많이 들어도 돈보다는 사람이 먼저이기 때문이다.

앞서 언급한 것처럼 어렵게 당선되어 시장이 되었는데, 재판 결과에 따라 시장 직에서 물러나야 한다면, 지푸라기라도 잡는 심정으로 변호사 사무실을 찾게 된다. 변호사를 선임하고도 불안하여 또 다른 변호사를 만난다. 나의 억울함을 아시는 주변 분들은 또 나름 나를 생각하는 마음에 아는 변호사를 소개해주기도 한다. 그러면 또 소개해주는 사람의 성의를 생각해서 일단 만나게 된다. 그런데 막상 만나고 나면 또 계약을 하게 된다.

 대부분의 경우 계약금은 얼마 안 된다. 나중에 승소했을 때의 성공불이 문제다. 당연한 얘기지만, 유명 변호사일수록 성공불이 높다. 급한 마음에, 불안한 마음에 이곳저곳 계약을 하고 나면 나중에 성공불 때문에 낭패를 볼 수 있으니 조심해야 한다.

 또한 한 사건에 여러 명의 변호사를 선임한 경우에는, 나중에 잘되고 나면 누구의 공인지 알 수가 없다. 누구의 총에 맞아 참새가 떨어졌는지 모른다는 뜻이다. 게다가 무죄를 받아도 변호사비는 돌려받지 못하니, 참으로 갑갑한 노릇이다. 유죄 판결을 받은 것도 억울한데 빚더미까지 떠안게 되는 것이다.

알고도 걸리는 덫

기소를 당하면 늘 그 이유가 황당했는데, 그중에 마치 삼류소설 같은 사건도 있었다. 내 지인들 사이에서는 소위 〈파파라치 사건〉으로 불리는 이야기이다.

2006년 선거를 앞두고 내가 부지런히 행사장을 다니니까 상대 측에서 불안한 생각이 들었는지 문경시청 공무원들이 나를 집중 감시하기 시작했다. 아예 시청 총부과에 전담조가 만들어졌다. A씨, B씨, C씨 총 세 명이었다. 그들은 때로는 두 명, 때로는 세 명씩 조를 짜서 나를 미행했다. 그림자처럼 나를 따라다니며 나의 일거수일투족을 감시했다. 사진을 찍고 부조계를 복사했다.

경찰에 신고를 할까 생각도 했지만, 나만 떳떳하면 된다고 생각하고 아무런 대응도 하지 않았다. 저러다 말겠지 싶은 안이한 생각도 있었다. 그러나 나의 안이한 대책은 여지없이 내 뒤통수를 쳤다. 그들은 1년 가까이 나를 파파라치 한 결과를 증거로 삼아 제3자의 이름으로 고발하였다.

고발 내용이 엄청났다. 무려 170여 건이었다. 동창회, 체육대회, 새마을행사장에 참석하여 사전 선거운동을 했다는 내용과 길흉사에 참석하여 기부행위를 했다는 내용이었다. 당시 수사를 맡았던 문경경찰서 A경찰관의 말에 따르면, 고발장에 첨부된 사진첩의 두께가 자그마치 1미터 가량이 되었단다.

2005년 11월 고발장을 접수한 상주지청에서는 사건을 문경경찰서로 이첩하였고, 문경경찰서에서는 수사하는 데만 3개월이 걸렸다. 사진첩에 있는 사람들을 일일이 소환하여서 참고인 조사를 받은 사람이 무려 500여 명이었다.

"명함 받았어요?"

"지지 부탁했어요?"

문경경찰서는 3개월 조사 끝에 상주지청에 기소 의견으로 송치하였다. 기부행위 16건은 무혐의로 끝났지만, 동창회와 체육대회 등 150여 회에 참석하여 악수하고 인사한 행위에 대해서는 기소의견으로 송치한 것이다.

상주지청은 이 사건을 사전 선거운동 혐의로 기소하였고, 1심(상주지원)은 사전 선거운동에 해당된다며 유죄 판결을 내렸다. 양형은 벌금 80만 원이었다.

"초청받지 아니한 자가 지역의 동창회, 체육대회에 반복하여 연속적으로 악수를 하고 다니는 것은 비록 명함을 주지 않고 지지부탁을 하지 아니하였다 하더라도 사전 선거운동에 해당된다."

1심 판결문의 요지이다. 참으로 황당했다. 명함도 안 주고 지지부탁도 안 했는데, 단순히 행사장에 참석하여 아는 사람과 악수를 한 것이 사전 선거운동이라니, 도대체 이런 법이 어디 있을까. 선거에 나갈 사람은 아는 사람을 만나서 악수도 하면 안 된다는 말인가.

게다가 판결문에 있는 반복과 연속이라는 표현도 애매했다. 코에 걸면 코걸이, 귀에 걸면 귀걸이가 아닌가. 문경중학교 동창회에 참석하고, 다음날 점촌중학교 동창회에 가서 인사한 것이 과연 반복이고 연속인가?

억울함에 항소(대구고법)하였지만 기각되었다. 결국 대법원 상고는 포기했지만, 나는 지금도 그때의 판결문 내용을 받아들이지 못하겠다.

초청받지 아니한 행사장이라고 하지만 지역의 동창회나 체육대회는 공개된 장소에서 행해지는 것이고, 누구나 참석하여 축하해 주는 곳이 아닌가. 선거에 나가려고 생각하는 사람치고 그렇게 하지 않는 사람이 누가 있는가.

그렇다면 사람이 많이 모이는 공원이나 산책로, 재래시장 같은 데서도 아는 사람을 만나 악수를 하면 사전 선거운동이 된단 말인가? 선거에 나가는 사람은 법정 선거운동 기간 전에는 밖에도 나가지 말고 집 안에 가만히 처박혀 있어야만 하는가? 위리안치(圍籬安置)를 당한 것도 아니고 그게 말이나 되는 소리인가?

당시 문경경찰서에서 처음 조사를 받을 때 나는 담당 수사관에게 나의 억울함을 호소했다.

"걸린 게 죄지요."

하지만 걸린 게 아니고 파파라치 한 내용이 아닌가. 오히려 불법으로 미행한 것을 문제 삼아야 하지 않을까? 대명천지에 이런 일도 있다고 생각하니 더 이상 할 말이 없었다. 이거야말로 눈 뜨고 코 베이는 격이 아닌가 말이다.

15년간 다섯 번의 선거와 다섯 번의 재판을 치르며 이래저래 당하고 보니, 그때 문경경찰서 수사관이 했던 말이 그야말로 명언이었다 싶다.

뇌물죄가 정치자금법으로

또다시 상상을 초월하는 사건이 발생했다. 지역에서는 일명
〈와꾸 사건〉으로 알려져 있는 나의 뇌물죄 수사가 그것이다. 와
꾸란 말은 건설현장에서 은어처럼 사용되고 있는 말로 거푸집을
의미한다. '와꾸 사건'이란, 말 그대로 누군가 와꾸를 짜 놓았다
는 말이다.

2010년 지방선거를 앞두고 내가 첫 재판에서 지불한 변호사비
3억4천7백만 원에 대해 엉뚱하게도 뇌물죄 수사가 시작되었다.
내가 내 돈으로 낸 내 변호사비가 어떻게 뇌물죄가 될 수 있단 말
인가. 말도 안 되는 이야기다. 당시 소문에 의하면, 나의 변호사
비를 누군가 대납했고, 대신 낸 사람은 문경시가 발주하는 공사
특혜로 되돌려 받는다고 했다.

정말 억장이 무너지는 내용이었다. 내 변호사비를 제3자가 냈
다는 것도 있을 수 없는 일이지만, 대납을 한 이에게 시의 이름으
로 특혜를 준다는 것도 있을 수 없는 일이었다. 아마 그해 지방선

거를 앞두고 내 공천을 방해하기 위한 누군가의 음모라고밖에 생각할 수 없었다. 당시 나는 문경시장으로서의 4년을 무난히 수행했다는 평가를 받고 있었고, 지역의 여론도 나쁘지 않았다. 한 가지 걱정이 새누리당의 공천이 불확실하다는 것이었는데, 공천 유무에 상관없이 재선은 무난할 것이라는 게 당시의 평가였다.

그 무렵 대구와 경북 지역의 신문과 TV에서 나에 관련된 기사가 보도되기 시작했다.

〈신 시장, 뇌물 수수 의혹, 경북경찰청 소환조사 임박〉

주변 사람들이 언론 보도를 보고 불안해하기 시작했다. 내게 어찌된 일이냐며 직접 물어오기도 했다. 일말의 거리낌도 없었던 나는 오히려 이 사건을 해명할 기회로 삼아야겠다고 생각했다.

드디어 2010년 3월초 경북경찰청으로부터 첫 소환 통보를 받아 출두했는데, 경찰청 수사관은 다짜고짜 물었다.

"변호사비 누가 대납했어요?"

"왜들 이러십니까. 제가 돈이 없는 것은 맞지만, 저 그렇게 살지 않았습니다. 제 변호사비를 제가 내지, 누가 대납을 하다니요. 그런 일, 절대 없습니다."

그날 나는 변호사비의 조성 내역을 소상히 설명했다. 솔직히 밝히고 싶지는 않았지만, 큰딸의 축의금과 평산 신 씨 후원금도 이야기했다. 그날 구속은 면했지만, 그날 이후 경찰은 2차, 3차 조사에 가택 압수수색, 영장청구로까지 이어졌다.

결국 나는 새누리당 공천에서 탈락했지만, 다행히 선거에서는 이겼다. 6개월 가까이 이어진 변호사비 뇌물죄 수사도 결국 〈혐의 없음〉으로 종결 처리되었다. 그러나 뇌물죄 수사가 무혐의로 처리된 후 나에게 주어진 선물은 〈정치자금법 위반 혐의〉였다.

3억4천7백만 원의 조성 내역 중 큰딸 축의금 1억 원과 평산 신 씨 557명의 후원금인 1억4천7백만 원, 기타 1억 원 중에서 평산 신 씨 후원금을 정치자금법 위반으로 기소한 것이다. 뇌물죄가 안 되니 정치자금법으로 걸고넘어진 셈이다.

도대체 이런 법이 어디 있을까! 뇌물죄 사건이 갑자기 정치자금법 사건으로 바뀐 것이다. 이제는 뇌물 여부를 밝히는 게 아니라, 정치자금의 여부를 밝히는 법리 다툼이 되었다. 또 다른 전쟁이 시작된 것이다. 이 사건은 재판 과정에서 치열한 법리 논쟁을 벌였지만, 결국 1심과 2심, 대법원 모두 유죄 판결을 내렸다. 2심(대구지법 2011.6.9.)에서 선고유예(징역 6월) 판결을 하였고, 대법원(2014.3.13)에서 상고기각으로 선고유예가 확정되었다.

"모든 변호사비를 정치자금으로 볼 수는 없다. 다만 공직선거법 위반 사건과 관련된 변호사비는 정치활동의 연장선으로 보아 이에 소요된 비용의 지원은 정치자금법 위반에 해당된다고 보아야 할 것이다."

대법원 판결문의 요지이다. 나의 변호사비를 정치자금으로 본 것이다. 다만, 정황상 종친들이 자발적 형식으로 준 변호사비의 성격과 압도적인 지지로 당선된 시장 직을 박탈하는 것은 가혹하다고 판단하여 선고유예 판결이 내려진 것이다.

뇌물죄로 시작된 사건은 엉뚱하게도 정치자금법 사건으로 바뀌었고, 결국 선고유예 판결로 종결되었다. 그러나 이 사건은 대법원의 지각 처리 때문에 나는 또 다른 피해를 입게 된다. 2년 뒤 선고유예 실효 청구로 또 한 번 재판을 받아야 했던 것이다.

당해보지 않고는 모르는 법

2010년 5월 10일 뇌물죄 수사와 관련하여 압수수색 영장이 발부되었다. 전날 경북경찰청에서 새벽 두 시까지 2차 조사를 받고 문경 집에 도착하니 네 시가 다 되었는데, 가족들이 모두 모여앉아 걱정하며 나를 기다리고 있었다. 두 시간 가량 눈을 붙이고 아침 여덟 시에 아파트를 나서는데, 어제 저녁 철야 조사를 했던 경찰관들이 집 앞에서 대기하고 있었다.

갑자기 짜증이 확 밀려왔다. 감추려고 했지만, 아직도 조사할 게 남았냐고 묻는 내 목소리에 짜증이 묻어났다. 출근하는 길이니 사무실로 가자고 했더니, 경찰 반장은 잠시면 되니까 집으로 들어가자고 했다. 아내는 새벽에 서울에 갔고 집에는 큰딸아이 혼자 있었다. 영문도 모른 채 다시 집으로 돌아갔는데, 현관문에 들어서는 순간 경찰 반장이 서류 하나를 내밀었다. 말로만 듣던 〈가택 압수수색 영장〉이었다. 밤샘조사를 받고 아침부터 또 가택 압수수색이라니, 정말 기가 막혔다.

할 수 없이 뒷일은 큰딸에게 맡기고 나는 출근을 했다. 22평의 좁은 아파트에 장정 열네 명이 우르르 몰려와 수색을 한답시고 구석구석 뒤지는 모습을 상상해 보라. 그 광경이 어떠했겠는가.

"시장이 사는 아파트가 뭐 이래?"

"살림살이도 우리 집보다 못한 것 같아."

나중에 큰딸에게 들은 말로는, 자기들끼리 그런 얘기를 주고받으며 여기저기를 헤집고 다녔단다.

집 안에 비밀 서류 같은 게 있을 수도 없고 있을 리도 없지만, 사무실에 앉아서도 영 마음이 놓이지 않았다. 간간이 딸에게 전화를 걸어 돌아가는 상황을 물으니, 열한 시경에 모두들 조사를 마치고 갔다고 했다. 사무실 일을 급하게 정리하고 열한 시 반경 집으로 돌아왔다.

딸애에게 특별한 상황이 있었느냐고 물었더니, 언뜻 평산 신 씨 공무원들이 변호사비를 냈다는 서류 같은 게 보였다고 했다. 또 자신의 결혼 축의금 명세서도 가지고 갔다고 했다. 다른 것은 별로 신경 쓰이는 게 없었는데, 평산 신 씨 공무원 이야기가 영 마음에 걸렸다.

바로 비서실장에게 전화를 걸어, 시청 공무원 중에 평산 신 씨가 몇 명이며, 변호사비 명목으로 화수회에 돈을 건넸는지의 여부를 확인토록 했다. 변호사비에 쓰인 1억4천7백만 원은 화수회에서 모금하였기 때문에 나는 세부 내역을 모르고 있었다.

"문경시청 평산 신 씨 6급 공무원 다섯 명이 각각 300만 원씩 화수회에 돈을 건넸다고 합니다."

비서실장의 보고였다. 그 다섯 명에게 연락해서 지금 즉시 관사로 좀 들어오라고 했다. 사실 내용을 확인하기 위해서였다. 연락을 받고 그중 세 명이 집으로 찾아왔다. 그들 말에 의하면, 화수회에서 변호사비에 대한 얘기가 나왔고, 공무원들은 그래도 자기들이 형편이 좀 나으니 각자 300만 원씩 내자고 의견을 모와 화수회장에게 전달했다고 했다. 공무원들이 도와주었다는 내용은 그날 처음 알았다.

이 세 명의 공무원은 아파트를 나간 순간, 바깥에서 숨어서 지키고 있던 경찰관들에게 연행되었다. 아침에 압수수색을 했던 경찰관들은 공무원들을 문경경찰서 취조실로 데려갔다.

"시장이 뭐라고 지시했소?"

"증거인멸 시도 아니오?"

정말 어이가 없었지만, 그날 먼저 사실을 확인하고자 했던 나의 행동으로 인해 증거인멸을 시도했다는 의혹까지 추가로 받게 된 셈이었다. 나중에 평산 신 씨 공무원 다섯 명은 나와 함께 기소되어 형사처벌(벌금형)까지 받았다. 경찰 쪽에서는 승진 등의 대가성이 있었는지도 조사했지만, 다행히 대가성으로 여겨질 만한 꼬투리는 잡히지 않았다. 5공, 6공 때나 쓰던 조사기법에 꼼짝없이 당한 셈이었다. 후에 나는 더 이상의 번잡스러움을 피하기 위해 공무원들이 갹출했던 300만 원도 본인들에게 돌려주었다.

예상된 수순대로, 가택 압수수색이 끝나자 곧바로 구속영장이 청구되었다. 그날은 토요일이었고, 오후 세 시 선거 사무실 개소식이 예정되어 있었다. 선거를 불과 3주일 앞둔 시점이었다.

세 시의 개소식 준비에 여념이 없는데 전화가 걸려왔다. 정말 너무한다 싶었다. 현행범도 아니고, 도망갈 염려도 없는 현직 시장에게 그것도 서너 해 전의 일을 굳이 선거를 앞두고 영장청구라니…. 그것도 선거 사무실 개소식 하는 날을 딱 맞추어서 말이다. 참으로 가혹하다는 생각이 들었다.

개소식 손님들이 하나 둘씩 밀려오는데, 개소식을 정상적으로 진행해야 할지 영장심사를 준비해야 할지 판단이 서질 않았다. 일단 예정된 개소식은 치러야겠다고 마음먹었지만, 생각은 온통 영장청구에 빼앗겨 집중할 수가 없었다. 내가 무슨 이야기를 하고 있는지 스스로 인식하지도 못했다. 어찌어찌 개소식을 끝내자마자 나는 곧장 대구로 출발했다. 사무실에서는 갑자기 후보가 없어져서 난리가 났지만, 나는 당장 변호사를 만나야 했다.

상주지원장을 거친 대구의 A변호사에게 부탁을 하고 집에 돌아왔는데, 일요일 아침 눈을 뜨니 또 불안했다. 서울 법무법인의 B변호사가 머리에 떠오르자 당장 서울로 찾아가 긴급하게 부탁을 드렸다. B변호사는 그날 밤을 꼬박 새우고 새벽 다섯 시경에 답변서를 메일로 보내주었다.

영장청구 내용을 들여다보니 기가 막혔다. 사실 그때까지는 영장청구 내용도 몰랐다. 영장청구 내용 확인은 변호인만이 가능하기 때문이다. 검찰과 경찰에서 조사를 받으며 내가 진술했던 내용은 하나도 들어 있지 않았고, 조사 때 그들이 주장하는 내용만 고스란히 담겨 있었다. 판사가 영장청구서에 적혀 있는 내용만으로 판단한다면, 나는 100% 구속이었다.

그들에게 유리한 자료들만 모아 만들어진 영장청구의 내용을 뒤엎어야 했다. 영장청구의 내용이 사실이 아님을 증명해야 했다. 문제는 짧은 시간 안에 어떻게 판사에게 사건의 실체적 진실을 전달하느냐에 있었다.

월요일 열한 시, 두 분 변호사와 함께 운명의 영장 실질심사를 받았다. 판사가 묻는 말에 변호사가 답하기도 했고, 내가 직접 답하기도 했다.

"변호사비는 제가 직접 지불했습니다. 제3자가 대납했다는 것은 결코 사실이 아닙니다."

50분가량 진행되는 영장 심사에서 나는 영장청구의 내용이 진실이 아님을 강변했다. 감정이 격해져 때로는 목소리 톤이 올라갔고, 억울한 감정이 북받쳐 때로는 울음 섞인 소리가 새어나왔다. 영장 심사가 끝나자 호송차에 실려 대구구치소로 이동했다. 텔레비전에서나 보던 장면에 내가 주인공이 되어 실려 있었던 거다.

오후 두 시경 대구구치소에 도착하자 점심을 시켜주었다. 먹는 둥 마는 둥 식사를 물리고 그때부터 대기 상태였다. 양옆에 앉아 있는 경찰관들을 바라보며 순간적으로 내 인생은 여기서 끝나는가 싶은 생각마저 들었다. 여기서 내가 구속이라도 되면, 3억4천7백만 원의 변호사비는 뇌물죄가 되어 나를 옭아매게 될 것이다. 한마디로 '와꾸대로' 되는 것이었다. 구속되면 방어권이 없고, 경찰이 놓은 덫에 그대로 걸려들 수밖에 없다. 그뿐인가. 구속이 되면 선거도 끝장이었다. 가슴은 답답하고, 머리는 터질 것 같았다. 별의별 생각이 다 들었다.

"하느님, 저의 억울함을 보살피소서. 제게는 아직 할 일이 있습니다."

그 순간 내가 할 수 있었던 건 하느님께 기도를 올리는 것뿐이었다. 내 인생에서 그 순간만큼 절박하게 하느님께 매달린 적도 없었다. '일각(一刻)이 여삼추(如三秋)'라는 말을 그때 실감했다. 머릿속에서 수백 번 죽었다 살았다를 반복하다 나중에는 아무 생각도 나질 않았다.

기나긴 침묵이 깨진 것은 저녁 일곱 시경이었다. 대기실 문이 열리며 내게 나가라고 했다. 영장이 기각된 것이다. 갑자기 현기증이 나고 앞이 보이지 않았다. 다리가 풀려 일어서지지도 않는데 입속에서 말이 절로 뛰어나왔다.

"하느님, 감사합니다, 감사합니다!"

영장청구라는 것이 당하고 보니 참으로 억울했다. 당해보지 않으면 모른다. 그들은 서류 한 장을 날린 것이지만, 당하는 나는 3일 만에 1억에 가까운 돈(A변호사 3천3백만 원과 B변호사 6천6백만 원)을 또 변호사비로 날려야 했다. 어디 돈만 날렸는가. 죽음보다 더한 고통의 시간을 보내야 했다. 게다가 어디 나 한 사람뿐인가. 내 가족과 친지들까지 마음고생을 시키는 거다.

그뿐 아니다. 영장청구 자체가 신문과 TV에 보도되면, 사실 여부에 상관없이 주변에서는 사실상 유죄 판결로 받아들인다. 다음 선거를 준비하는 내게는 치명적인 상처가 되는 것이다. '아니면 말고' 식으로 영장청구를 남발하는 일은 제발 없어졌으면 좋겠다.

전인미답(前人未踏)

지난 일들을 뒤돌아보면, 어찌하여 나는 남들이 평생 살면서 한 번도 겪지 않은 일들을 홀로 연거푸 겪었나 싶다. 생각지도 못한 엉뚱한 일이 한순간에 '죄'가 되고, 억울함에 발을 구르며 동분서주하여 겨우 제자리를 찾았다 싶으면, 상처 난 곳에 소금을 뿌리듯 같은 일이 또 다른 이름으로 나를 괴롭혔다.

소위 〈위인설법(爲人設法)〉 사건도 그랬다. 위인설법, 즉 어느 특정인을 염두에 두고 법을 만든다는 뜻이다. 앞서 이야기한 변호사비 선고유예 판결이 나고 3일 뒤, 형사소송법 개정 법률안이 A당 소속 열두 명의 이름으로 발의되어 국회에 상정되었다.

이 법률안의 주요 골자는 원심과 항소심에서 선고유예 판결이 적법하게 적용되었는지를 상고심(대법원)에서 다시 심의하도록 하는 내용이었다. 원래 선고유예 판결은 양형 문제이고, 양형 문제는 하급심 사항이기 때문에 선고유예는 대법원에서 심의하지 않는 게 그간의 판례였다.

"형사소송법을 왜 갑자기 이 시점에서 개정한다는 것인지 모르겠어요. 절차상으로도 문제입니다. 아무리 의원입법(국회의원이 중심이 되어 발의하는 입법 행위)이라지만 관계부처 협의 절차도 무시하고, 공청회나 설명회 한 번 없이 말이죠."

H변호사의 말이 무색하게 이 법률안은 2주일 만에 국회 법사위원회까지 통과되었다. 초스피드한 전개다. 전무후무한 일이었다. 일반 보통의 법률안도 상임위원회를 거치고 법사위 전문위원의 검토를 거쳐서 법사위까지 통과하려면 몇 개월이 걸린다. 하물며 형사소송법이 어떤 법률인가. 모든 형사사건의 절차를 규정한 국민 기본법의 근간이다. 그런 법률안을 2주일 만에 법사위까지 통과시킨 것이다.

대체 어떤 논리이며 어떤 근거인가. 대체 얼마나 큰 힘이 작용하여서 이런 전대미문의 기록을 세우려는 것일까. 나에게는 청천벽력 같은 일이다. 만약 이 법률안이 국회 본회의를 통과한다면 나의 선고유예 판결도 대법원에서 다시 심의를 해야 하기 때문이다. 대법원에서 또 재판받을 생각을 하니 눈앞이 깜깜했다.

나는 국회로 달려갔다. 당시 개인적 친분이 있는 A당 수석부총무인 L의원을 만나 전후 사정을 소상히 설명했다.

"오비이락(烏飛梨落)일 수도 있지만, 이것은 분명 위인설법입니다. 저를 타깃으로 한 법률이라고요."

당시 나의 설명을 들고 난 L의원도 뭔가 석연치 않다며 내 말에 수긍했다.

결국 이 문제는 그해 A당 의원총회(2011.8)에서 갑론을박했다. 법사위를 통과한 이 법률안을 빨리 통과시켜야 한다는 의견과 이 법률안을 폐기해야 한다는 의견이 팽팽히 맞섰다. 그때 L의원이 중재를 하며 큰 역할을 했다. 결국 이 법률안은 국회 본회의 상정에 실패하고 폐기되었다.

법률안은 하나의 해프닝으로 끝났지만, 나는 또 한 번의 곤욕을 치러야 했다. 내가 법사위 통과 후 그 내용을 알게 되었으니 그나마 다행이었지, 내가 알지도 못하는 사이 그 법률안이 국회 본회의까지 일사천리로 통과되었으면 어찌 되었을까 생각만으로도 끔찍하다.

불신의 늪

단옥지요신명이이(斷獄之要愼明而已)

다산의 『목민심서』 제9장 형전육조(刑典六條)의 제2조 단옥(斷獄) 편에 언급되어 있는 말이다. 즉 재판은 밝게 살피고 신중하게 생각해야 한다는 뜻이다.

내 생애 첫 재판에서 배신당한 뒤, 나는 재판을 받을 때마다 늘 재판 결과 때문에 불안에 떨어야 했다. 아무리 결백해도 재판부가 인정해주지 않으면 아무 소용이 없기 때문이다. 나에게는 인생이 걸린 문제지만, 판사에게는 하나의 사건에 불과하다. 사건 기록도 꼼꼼히 챙겨 보고 증인들의 증언 내용도 꼼꼼히 확인해야 하는데, 현실은 그렇지 못한 것 같아 아쉽다.

재판을 받으면서 의견서며 탄원서, 진정서 등을 수없이 보내고 사건의 실체적 진실을 이야기하는데도, 판사가 동문서답을 하거나 억장 무너지는 판결을 내리면, 그냥 무조건 달려들어 멱살이라도 잡고 싶은 마음이 굴뚝같다. 그러나 아무리 억울하고 분통이 터져 따지고 싶어도 피고인이라는 신분이 나를 위축시켜 말한마디 제대로 못하게 한다. 나이로는 자식뻘이 되는 30대 판사 앞에서도 다소곳이 얌전히 굴어야 한다. 혹여 괘씸죄에 걸려들까 전전긍긍하게 된다.

최후진술도 그렇다. 하고 싶은 말이 왜 없겠는가. 하지만 이야기하란다고 그냥 이야기했다가는 본전도 못 찾는다. 말만 하고 싶은 말을 하라고 할 뿐이지, 어차피 들어주지도 않고 판결에 반영되지도 않는다. 그저 무조건 "선처바랍니다!"라며 다소곳이 조아려야 한다.

나와 나의 변호사, 증인이 얘기한 것은 하나도 반영치 않고, 검찰의 공소 내용 그대로 판결한 경우도 있었다. 이게 판결문인지 공소장인지 구분할 수 없을 정도였다. 피고인 측 진술이나 증인의 진술을 무시하려면 재판을 왜 하는지 모르겠다.

"판사님들 서류 안 봐요. 당사자들은 인생이 걸린 문제인데, 요즘 판사들은 심각하게 고민하는 흔적이 보이지 않아요."

H변호사의 한탄이다.

양성태 대법원장은 2016년 신년사에서 "원심 판결에서 더욱 신중하게 판결하고, 항소심과 상고심은 원심 판결을 존중해야 할 것이다.”라고 밝혔다. 현실이 그렇지 못하다는 반증일 수 있다.

우리나라는 3심제를 택하고 있지만, 양형 문제만 놓고 본다면 1심과 2심 두 번의 재판뿐이다. 항소심 판단이 대부분 원심 판단을 존중한다고 본다면, 실질적인 재판의 기회는 한 번뿐이라고 봐도 무방하다. 원심 재판이 잘못되면 더 이상의 기회도 없이 억울하게 피해를 볼 수도 있다는 소리다.

박근혜 대통령 탄핵과 관련하여 직권남용 · 권리행사방해죄가 핫 이슈로 등장했다. 용어부터가 매우 어렵다. 보통 고위 공직자가 자기 직권을 남용해서 나쁜 짓을 한 것을 처벌하겠다는 취지이다. 그런데 문제가 있다. 공직자의 직권 범주를 어떻게 보느냐에 따라 매우 주관적인 판단이 수반되기 때문이다. 이 규정을 아무데나 마구 적용하면 공직자들은 복지부동하게 된다. 소신껏 재량 행정을 펼칠 수가 없다. 그래서 그동안 이 규정은 매우 제한적으로 적용되었다. 고의성이 있고, 직권 남용에 따른 범죄 이익이 있는 경우에 국한되었다. 그것이 그간의 대법원 판례였다.

2012년 4월 19대 총선이 끝나고, 문경경찰서에서 갑자기 2009년 4월 감사원 감사 처분으로 종결된 사건을 뒤늦게 수사하여, 형법 제123조의 규정에 의한 직권남용 · 권리행사 방해죄를 적용하여 기소했다.

사건의 전말은 이렇다. 2009년 1월 문경시의회 사무국장 자리에 결원이 생겼고, 인사위원회에서 최고참 N씨를 만장일치로 승진시키기로 결정하였다. 그런데 당시 N씨가 승진 4배수에 포함되지 않아 실적가점제도를 도입했는데, 이 과정이 직권남용·권리방해죄에 해당한다는 것이다.

2015년 12월 23일, 직권남용·권리방해죄는 결국 원심에서 징역 6월에 집행유예 2년을 선고받았다. 납득이 안 되는 판결이었다. N씨 승진과 관련하여 어떤 인사 청탁도 없었고, 아무런 비리도 없었다. 그간의 판례에 의하면, 무죄 또는 가벼운 벌금형이었는데 말이다. 항소심에서 재판부는 1심의 판단이 잘못되었다고 지적했지만 집행유예 판결을 했고, 대법원은 이를 기각했다.

지금도 원심을 맡았던 재판부가 원망스럽다. 무심코 던진 돌에 맞은 개구리가 목숨을 잃을 수도 있다는 생각을 왜 못하는 것일까. H변호사는, 재판부가 결론을 미리 내리고 그 결론에 법리는 맞추는 사례가 허다하다는 게 더 심각한 문제라고 지적했다.

내 사건의 경우가 그랬던 게 아닐까 싶다. 판결문에서 N씨의 승진과 관련하여 분명히 고의성이 없다고 밝혔다. 형사사건에 고의성이 없다면 무죄 아닌가. 문제는, 판결문에서 명백히 고의성이 없다고 하면서도 '미필적 고의'라는 꼬리를 달았다는 점이다. 그것도 미필적 고의가 있었다고 단언한 것도 아니고, '미필적 고의가 없었다고 보기 어렵다'라는 애매한 표현을 썼다. 게다가 이러한 애매한 판결을 하면서 벌금형도 아니고 집행유예 판결이라니….

"판사 마음이에요. 좋은 판사를 만나는 것도 행운이지요."

H변호사의 뒷이야기는 씁쓸하다. 피고인에게는 선택권이 없기 때문이다. 재판은 판사의 고유권한이지만, 평범한 시민이 납득하고 공감하는 판결이어야 할 것이다. 다산이 『목민심서』를 통해 일깨워주고자 한 재판에 대한 자세를 이 시대의 재판관들은 가슴 깊이 새겨야 할 것이다.

43일의 갈망

2016년 1월 7일, 대구지방검찰청에서 2013년 3월 13일 대법원의 선고유예 처분에 대한 실효 청구가 있었다. 선고유예 처분을 받고 2년 이내에 자격정지 이상의 형을 받으면 선고유예가 실효된다는 형법상 규정 때문이다.

올 것이 왔다 싶었다. 앞서 언급한 N씨 승진 관련 사건이 대법원에서 집행유예 판결을 받은 탓이었다. 검찰의 선고유예 실효 청구가 받아들여지면 6개월의 실형을 살아야 하고, 10년간 선거권과 피선거권이 박탈된다. 정치인생은 끝장난다고 보아야 한다.

정치야 안 하면 그만이지만, 실형을 살고 나오면 내가 어찌 낯을 들고 다닐 수 있겠는가. 만나는 사람들마다 일일이 잡고 억울하다며 하소연할 수도 없는 노릇이고, 동네방네 다니며 억울하다고 호소할 수도 없는 노릇이었다. 생각할수록 억울하고 분했다. 직권남용죄로 집행유예를 받은 것도 억울한데, 그로 인해 선고유예까지 실효되어 실형을 살아야 한다니, 이거야말로 부관참시(剖棺

棺斬屍)가 아니고 무엇이겠는가.

게다가 더 억울한 건, 대법원의 지각 처리로 내가 이런 상황에 처해졌다는 사실이었다. 선고유예는 집행유예와 달리 판결 중심인데, 내 선고유예의 2심 판결은 2011년 6월 9일이었다. 대법원에서 3개월만 빨리 처리했어도 아무런 문제가 없었던 거다. 2년 9개월이나 지각 판결한 대법원이 원망스러웠다.

2016년 2월 1일, 대구지방법원은 이 사건을 인용결정(검사의 실효 청구를 받아들이는 것)하였다. 예상한 결과였다. 이제 즉시항고(원심판결 후 3일 이내에 상급심으로 항고하는 것)하여 대법원의 마지막 심판을 받아야 했다. 그러나 대법원에서도 법리적으로는 이길 수 없는 사건이라고 했다.

"억울하지만 법리적으로는 어쩔 수 없습니다."

내 사건을 도와주고 있던 H변호사는 한숨만 쉬었다. 달리 도울 방법이 없다며 죄송하다고 했다.

변호사를 만나고 집으로 돌아온 나는 아내에게 모든 사실을 다 털어놓았다. 그동안 수차례 어렵고 힘든 일을 당했어도 오뚝이처럼 용케도 버텨왔지만, 더 이상은 아무런 길이 보이지 않았다. 더 이상 버틸 힘도 남아 있지 않은 듯했다.

그날 우리 부부는 한숨도 못 자고 꼬박 밤을 새웠다. 환경부를 그만두고 시장 선거에 임했던 일, 시장 임기를 채우지 않고 중도에 사퇴하고 국회의원에 출마했던 일, 검찰과 경찰 조사에 시달렸던 일이며 선거 전에 가택 압수수색, 영장청구까지 받았던 일들이 주마등처럼 지나갔다. 하늘이 무너져도 솟아날 구멍이 있다고 했건만, 당시의 내게는 아무런 희망도 해법도 보이지 않았다. 그냥 이대로 앉아서 당해야만 하나 싶은 억울함이 내 마음을 더 어지럽혔다.

"이것이 운명이라면 받아들여야지요."

새벽녘 아내가 먼저 입을 열었다. 내게 이제 마음을 비우자고 말하는 아내는 밤새 마음의 정리를 마쳤는지 표정마저 담담했다.

날이 밝자 나는 마지막이라는 심정으로 평소 친분이 있는 대구고법 L부장에게 전화를 걸어 사정을 설명했다.

"대문을 잠그고 아예 집을 비우세요. 2016년 3월 12일까지 43일 남았는데, 대구지방법원의 인용결정문을 받지 말고 최대한 버티는 방법밖에 길이 없습니다. 사실 43일을 버티는 건 불가능해 보이지만, 아무튼 43일만 버티면 살 수 있습니다."

얼마나 답답했으면 현직 판사가 이렇게 이야기했겠는가. 아무튼 나는 L부장의 말대로 그날부터 아내와 함께 집을 비우기로 했다. 전화도 받지 않고 사무실에도 결근을 하면서 43일을 도망 다니며 버티기로 했다. 모양새는 좋지 않았지만, 다른 대안이 없으니 어쩌겠는가.

하지만 막상 어딘가로 가야 한다고 생각하니 딱히 갈 곳이 없었다. 알려진 친인척 집은 안 될 것이고, 둘이 여행하듯 돌아다닐 수 있는 처지도 아니었다. 이리저리 궁리를 하다가 문득 큰딸아이 생각이 났다. 큰딸은 얼마 전 음성으로 직장을 옮겼는데, 아직 그곳으로 주소 이전도 안 된 상태였다. 그래서 처음 일주일은 큰딸이 있는 음성에서 보냈다. 아무 연고도 없는 음성 딸아이 집에서 아내 얼굴만 쳐다보면서 하루하루를 보냈다. 하루가 참 느리게만 갔다.

음성읍 뒷산인 수정산에 혼자 산행도 하고, 음성읍 5일장 구경도 했다. 딸아이 집이 마침 음성중학교 앞이라 방학이라 텅 빈 학교 운동장에서 혼자 축구공을 차기도 했다. 하지만 일주일이 지나니 그곳도 불안했다. 누가 따라오는 것 같고, 자꾸 부딪치는 사람은 괜히 신경이 쓰였다. 진짜 죄 짓고 못살겠구나 싶었다. 몇 개월, 몇 년씩 도망 다니고 안 잡히는 사람들은 도대체 어떻게 다니는 것인지, 거짓말 안 보태고 그때는 정말 존경스러웠다. 이 넓은 땅에 내가 숨을 곳은 어디에도 없는 것 같았다.

결국 일주일 만에 사위의 서울대학교 기숙사(가족생활관)로 옮겼다. 사위의 기숙사도 주민등록상으로는 안전한 곳이었다. 가급적 외출을 삼가고 방에만 있으면서 대구지방법원의 송달 내용을 실시간 모니터링했다.

"아버지, 카드도 쓰시면 안 돼요. 모르는 전화는 절대 받지 마세요."

신신당부하던 큰딸의 말을 되새기면서 하루하루를 그곳에서 버텼다. 설 연휴기간에도 고향집에 갈 수가 없었다. 큰사위의 기숙사에서 밥 한 그릇, 냉수 한 사발을 떠놓고 어머니아버지 제사를 모시는 신세가 되었다. 어머니아버지를 생각하면서 마음속으로 어머니아버지께 살려 달라고 빌었다.

집 떠난 지 2주일이 지나자 은근히 집 걱정도 되었다. 강아지 밥과 닭 모이는 누가 주는지, 설 무렵이라 집으로 인사 오는 사람도 있을 텐데 빈집을 보고 놀라지는 않을까… 하는 일 없이 시간만 남으니 별별 생각이 다 들었다.

달력을 펴놓고 날짜를 계산하는 건 하루 일과가 되었다. 우편물이 한 번 송달되고 반송되는 데는 일주일이 소요된다. 1차와 2차 송달에 불응해도 겨우 2주일. 1차와 2차 송달이 안 되면 강제송달(발송송달 또는 공시송달) 방법이 동원된다. 아무리 이리저리 계산을 해보아도 계산적으로는 43일을 버틸 수가 없었다.

그나마 다행인 건, 2년 전 이사를 한 덕분에 법원은 이사 전 주소로 1차와 2차 송달을 했고, '이사불명'으로 판명되자 '이사불명' 때문에 2주일을 벌었다. 게다가 금년은 설 연휴가 5일이나 되었다. 이래저래 24일을 버텼지만, 아직 18일이나 남아 있었다.

이제 남은 건 법원의 강제송달(발송송달)뿐인데, 발송송달은 송달 즉시 효력이 발생한다. 우체국의 발송송달 소인이 찍힌 날로부터 3일 이내 대법원에 재항고해야 하는 것이다. 그러면 그것으로 끝이다. 대법원에서는 다른 사건처럼 오래 끌지 않고 곧바로 처리할 것이라고 했다.

아내의 말대로 마음을 비우고 운명이 이끄는 대로 기다리는 수밖에 없다고 생각하고 있었다. 그런데 도저히 믿을 수 없는 일이 일어났다. 2016년 2월 24일 대구지방법원에서 공시송달을 조치한 것이다. 의외였다. 공시송달은 송달 2주일이 경과한 후에 송달의 효력이 발생하기 때문이다. 솔직히 당시에는 공시송달은 전혀 생각지도 않고 있었다. 판례를 보니, 발송송달과 공시송달이다 가능했다. 하지만 나는 당연히 발송송달일 것이라고 생각했고, 그러면 끝장이라며 반은 체념하고 있던 터였다.

법원에서 어찌하여 나에게 절대적으로 유리한 공시송달을 선택했는지는 알 수 없었지만, 어쨌든 공시송달 덕분에 또 2주일을 벌었다.

"이제 되었습니다. 공시송달 2주일 후면 3월 10일이고, 3일 이내에 대법원에 재항고하면 됩니다. 대법원에 서류가 송달될 때는 2016년 3월 13일 이후가 될 것입니다."

H변호사가 반갑게 전화를 주셨다. 순간 나도 모르게 성호를 긋고 하느님께 감사의 기도를 올렸다.

이 사건은 2016년 5월 13일 대법원에서 파기되었다. 검찰의 선고유예 실효청구가 각하된 것이다.

다산의 마음으로

환경부를 그만두고 문경시장이 되어보겠다고 선거에 뛰어든 지 15년의 세월이 흘렀다. 15년의 시간 동안 다섯 번의 선거와 다섯 번의 재판을 겪었다. 세상의 어떤 인생이 평안하기만 하겠는가 만, 15년 동안 내가 겪은 고난과 시련은, 만약 내가 목민관이 되고자 했던 꿈을 버렸다면, 문경시장이 되겠다며 환경부를 그만두지 않았다면 겪지 않아도 될 일이었다.

"굳이 죄명을 붙인다면 '출마의 죄'입니다."

이제까지 나의 사건에 대한 H변호사의 종합 결론이었다. 출마의 죄라니, 육법전서에도 없는 죄이다. 복기를 해보자.

원죄는 후보자 방송토론 사건이다. 그 사건의 기소로 인하여 모든 것이 헝클어졌다. 그 사건이 기소됨으로써 나의 시련의 세월이 시작된 셈이다.

뇌물죄 수사도, 가택 압수수색도, 영장청구도, 선고유예 판결도, 선고유예 실효청구까지… 이 모든 출발점은 그 사건에 있었다. 그 사건이 없었더라면 나머지 종속적인 사건들은 일어나지 않았을 것이다. 그래서 더욱 진한 아쉬움이 남는다. 게다가 1심을 제외하고 이 사건은 항소심과 상고심에서 무죄 판결을 받았다. 결국 잘못 판결한 1심으로 인해 이 모든 것이 시작되었다는 말이 된다.

1심에서 무죄 판결을 받았다면 변호사비를 그렇게 안 썼을 것이고, 평산 신 씨 종친들이 분노하여 후원금을 조성할 이유도 없었을 것이다. 변호사비가 뇌물죄로 조사를 받을 일도, 뇌물죄가 한순간 정치자금법 위반으로 둔갑할 일도 없었을 것이고, 선고유예 실효청구로 마음을 졸일 일도 없었을 것이다. 죄는 짓는 것이 아니라 만들어진다는 건 바로 이런 일을 두고 하는 말이 아닐까.

〈응답하라 1988〉의 스타 혜리가 한 인터뷰에서 "고난도 자산이다"라는 말을 했다. 나도 그렇게 생각한다. 시련은 분명 나를 단단하게 만들었다. 내공도 쌓이게 했다. 어쩌면 내가 이루어낸 작은 성공들은 모두 시련의 세월이 가져다준 내공 덕분일지도 모른다. 그러나 한편으로는 겪지 않아도 되었을 억울한 피해가 나를 아프게 한다. 나로 인해 고통 받았을 가족을 생각하면 더욱 그렇다.

목민관을 꿈꾸면서 나는 다산의 『목민심서』를 나의 교과서로 삼고자 했다. 다산은 18년간 억울하게 유배생활을 하면서도 세상을 원망하거나 남을 탓하지 않았다. 오히려 18년간의 유배생활을 감사히 여겼다. 유배생활이라는 극한적인 어려움 속에서도 결코 좌절하지 않았고, 쉼 없이 공부하여 방대한 저술을 남겼다. 또한 어떤 책을 읽어야 하고 어떤 책을 저술해야 하는지를 자식들과 제자들에게 편지를 통해 알렸다.

　『목민심서』를 읽으며 목민관의 자세를 배우고자 했음에도 불구하고, 나는 다산의 마음가짐까지는 읽지 못했단 생각이 든다. 내 속에서는 아직도 억울한 마음이 울컥대며 나를 아프게 하기 때문이다. 다산처럼 초연함 마음을 갖게 되는 날이 내게도 올지 모르겠으나, 우선은 흉내라도 내보며 나를 다스려야겠다.

2부

목민관으로의 삶

10가지 성공 노하우

노하우1

선택과 집중

미국의 철학자이자 심리학자인 윌리엄 제임스는
"지혜란 무시해도 될 일이 무엇인지를
판별하는 기술"이라고 했다.
다른 말로 표현하면,
하고 싶은 일은 많은데
할 수 있는 일은 한정되어 있다는 뜻이다.
선택과 집중이 필요한 이유이다.

세종과 집현전

세종은 정치적으로는 매우 온화하고 합리적인 지도자였지만, 업무나 일을 추진함에 있어서는 적극적이며 까다로운 지도자였다. 때로는 공격적이기까지 했던 적극성과 매우 치밀하고 빈틈없는 용의주도자였던 그는, 한 가지 일에 몰입하고 집착하여 끝장을 보는 성격이었다. 학문적으로는 당대 최고의 학자였으며, 미래를 내다보는 통찰력까지 겸비한 지도자였다.

세종의 선택과 집중의 기본에는 언제나 '백성'이 있었다. 백성을 위한 정책을 고민했고, 그 정책이 의도대로 실행되기를 원했다. 하여 백성을 위한 세종의 첫 번째 액션플랜은 '집현전'의 활성화였다.

집현전은 본래 고려 인종 때 중국의 제도를 모방하여 설립된 것이지만, 당시까지는 유명무실한 기관이었다. 청사도 없고 상근 직원도 없었다. 세종은 즉위 후 준비과정을 거쳐 세종 2년 열 명의 학사로 문을 열고 본격적인 활동에 돌입했다. 훗날 집현전의 조직은 확대되어 학사가 30명에까지 이르게 된다. 즉 집현전은 세종의 싱크탱크(Think Tank) 기관인 셈이다.

집현전은 당시의 행정기관인 의정부나 육조처럼 고유 업무가 있는 것이 아니라, 그때그때 임금의 명에 의해 운영되는 일종의 무임소(無任所) 특별 행정기관이다. 집현전은 말 그대로 엘리트(賢)를 모은(集) 곳(殿)이다. 세종은 유능한 인재를 발굴하여 집현전에 배치시켜 백성을 위한 정책을 개발토록 하였고, 세종시대의 주요 일들은 집현전을 통해 이루어졌다. 집현전은 책임과 권한을 동시에 부여하는 집중화 방식으로 운영되었다.

백지원의 『조선왕조실록』에 의하면, 집현전 학사들에게는 많은 특혜도 주어졌다고 한다. 대전 조회에서 앞자리에 앉도록 했고, 사헌부 규찰에서도 제외시켰다. 일종의 면책특권이다. 그만큼 세종의 집현전에 대한 애정과 관심은 각별했다. 주자소에서 찍은 책은 집현전에 제일 먼저 보냈고, 예고도 없이 집현전에 들러 학사들을 격려했다. 늦은 밤 예고 없이 집현전에 들른 세종이 책을 보다 엎드려 자고 있는 신숙주를 보고 자신의 수달피 윗도리를 벗어 덮어주었다는 일화는 잘 알려져 있다.

세종 때의 주요 인물들은 대부분 집현전 학사 출신으로, 성삼문, 신숙주, 정인지, 이개, 하위지, 박팽년, 최항 등이 대표 인물이다. 세종은 각각의 집현전 학사들에게 어울리는 과제를 지정해 주고, 백성을 위한 정책을 집중 연구하게 했다. 예를 들면 성삼문과 신숙주에게는 〈훈민정음〉이라는 과제를 맡겼다. 당대 최고의 언어학자였던 신숙주는 일본어, 중국어, 몽고어에도 능통했다고 한다. 세종은 수시로 성삼문과 신숙주에게 〈훈민정음〉의 연구, 진행 과정을 지시하고 보고받았다. 음운(音韻)에 대한 궁금증이 발생하자, 당시 요동에 유배 와 있던 음운학의 대가 황찬(黃瓚)에게 열세 번이나 보내 그의 자문을 구했다. 요즘 시각에서 보면, 성삼문과 신숙주는 훈민정음 T/F 공동팀장이다.

 농업 분야에 관하여는 정초와 변계문에게 맡겨 『농사직설』을 편찬하게 한다. 정초가 농업 분야 T/F 팀장인 셈이다. 장영실에게는 천문학 연구를 맡긴다. 장영실이 천문학 T/F 팀장인 셈이다. 장영실의 경우는 집현전 소속이 아니라 공조참판 이천의 지휘를 받게 했다. 주로 인문학과 사회과학 분야를 전담했던 집현전의 성격 때문이다.

 이처럼 세종은 백성을 위한 주도면밀한 선택과 집중으로 많은 업적을 남길 수 있었던 것이다.

정조와 규정각

정조는 매우 독특한 지도자다. 그는 당대의 최고 학자이면서 무예도 뛰어난, 문무를 겸비한 지도자였다. 게다가 성리학을 신봉하면서 실학에도 조예가 깊었다. 이를테면 양수겸장인 셈이다.

정조의 선택과 집중은 한마디로 '탕평'이었다. 정조는 몇 번의 죽을 고비를 넘기며 어렵게 군왕이 되었다. 그러나 왕이 되었다고 해서 무엇 하나 마음대로 할 수 있는 것이 없었다. 권력에 관한 한 임금은 허수아비였다. 노론벽파가 권력의 실권을 모두 장악하고 있었기 때문이다.

사도세자의 죽음이 대변해주듯 당시는 신권(臣權)이 왕권(王權)을 위협하는 정국이었다. 요즘 같으면 여소야대 정국이다. 즉위 초에는 홍국영이라는 돈키호테 같은 인물이 악역을 맡아 여소야대의 어려운 정국을 돌파했지만, 결국은 홍국영 또한 권력 앞에서 자유롭지 못했다.

정조는 만약 노론벽파와 정면 대결을 한다면, 아버지 사도세자의 전철을 밟게 될 것이라는 사실을 누구보다 잘 알고 있었다. 그렇다고 모른 척할 수도, 그들에게 휘둘릴 수도 없었던 정조는 '탕평'만이 유일한 해결책이라고 믿었다.

하여 정조는 탕평에 대한 액션플랜으로 규장각(奎章閣)을 설치하였다. '규장'은 임금의 시문이나 글을 가리키는 말로, 규장각은 이름 그대로 역대 왕의 글과 책을 수집 보관하기 위한 왕실도서관이다. 정조는 여기에 비서실의 기능과 문한(文翰) 기능을 통합적으로 부여하고 과거시험의 주관과 문신 교육의 임무까지 부여하였다.

즉 정조는 노론벽파가 장악한 삼사(三司)를 견제할 조직이 필요했고, 왕 직속의 규장각이란 싱크탱크 기관을 만든 셈이다. 삼사(사헌부, 사간원, 홍문관)가 어떤 조직인가. 한마디로 검찰권, 사법권에 언론까지 포함된 핵심 권력기관이다. 규장각을 통해 이들을 견제하겠다는 것이다.

정조는 규장각을 통하여 수많은 서적들을 출간함으로써 문화 르네상스 시대를 열었으며, 새로운 인재 등용이란 명분으로 실학자와 서얼 출신의 학자를 과감하게 기용한다. 박제가, 유득공, 이덕무, 서이수 등이 대표 인물이다. 당시 서얼 출신 기용에 대

한 노론벽파들의 강한 반대에도 불구하고, 정조 임금은 용단을
내린다.

정조는 규장각이란 싱크탱크 기관을 만들었고, 규장각에 세부
과제(T/F)를 부여하여 정치의 득실과 백성의 생활을 살핀 것이다.

박정희와 경제

1천만 관객을 동원한 영화 〈국제시장〉의 덕수(황정민 분)를 기억할 것이다. 한국전쟁 이후 격변의 시대를 관통하며 살아온 우리시대의 아버지. 그의 쓸쓸한 미소에 이리도 가슴이 아려오는 것은, 평생 자신보다 가족을 위해 살았던 그의 노곤한 인생이 내 아버지의 등에서 보이기 때문은 아닐까.

50년 전, 박정희 대통령은 독일 루르 탄광지역의 함보른 광산을 방문했다. 유독 한국인 광부가 많은 곳이었다. 현지의 광부들로 구성된 밴드가 애국가를 연주하자, 누가 먼저랄 것도 없이 회장 안에는 애국가를 따라 부르는 소리로 하나가 되었다.

"동해물과 백두산이 마르고 닳도록~~~"

애국가의 한 소절 한 소절의 의미가 가슴속 깊이, 뼛속 깊이 각인되면서 지난날이 생각났고, 고국이 그리웠다. 큰소리로 시작한 애국가는 뒷부분으로 갈수록 목이 메어 음이 흔들리면서 점점 울음소리로 변해갔다. 500여 명의 참석자들은 손수건을 들고 눈물을 닦았다. 어린 시절에 그랬던 것처럼 소맷부리로 코를 훔쳤다.

그날 이역만리 타향에서 대통령과 광부의 만남은 이산가족의 상봉과도 같았다. 오랫동안 뵙지 못한 부모님 생각이 더 간절했다. 수구초심(首丘初心)이라 했던가. 꿈에도 잊은 적 없는 고향산천이 더욱 그리웠다.

애국가 연주가 끝나고 단상에 오른 박정희 대통령은 준비된 원고를 밀치며 마이크를 당겼다.

"이게 무슨 꼴입니까! 내 가슴에 피눈물이 납니다. 우리 생전에는 이룩하지 못하더라도 후손들에게만큼은 잘사는 나라를 물려줍시다."

회장 안의 사람들처럼 반짝이는 그의 눈에서도 눈물이 흘렀다.

박 대통령 또한 가난한 어린 시절을 보냈다. 학교에는 점심 도시락은커녕 아침도 못 먹고 오는 친구들이 허다했다. 그래도 소학교(초등학교)에라도 오는 친구들은 그나마 형편이 나은 셈이었다. 열에 아홉은 학교 문 앞도 못 가고, 지게를 지고 산으로 나무를 하러 가야 했다.

그는 가난의 고통과 서러움을 누구보다 잘 알고 있었다. '목구멍이 호랑이보다 무섭다'는 말이 무슨 뜻인지도 잘 알았다. 사방이 온통 굶주림에 허덕이고 있었으니까 말이다.

　박정희 대통령의 선택과 집중은 '경제'였다. 한마디로 '잘살아보세!'였다. 한국전쟁의 상흔이 채 아물지 않은, 가난한 대한민국이 살 길은 오직 경제개발에 있다고 본 것이다. 그의 경제개발에 대한 집념은 처절한 몸부림에 다름 아니었다. 잘사는 조국 건설이야말로 그의 꿈이요, 소망이었다. 함보른 광산에서 눈물로 호소했던 '잘사는 나라 건설' 말이다.

　경제개발에 대한 박정희 대통령의 첫 번째 액션플랜은 경제기획원(EPB, Economic Planning Board)의 출범이다. 한마디로 계획경제를 통하여 경제개발을 이루겠다는 뜻이다. 1961년 7월 22일, 박 대통령은 건설부의 일부 기능과 재무부 예산국, 내무부 통계국을 통합하여 경제기획원을 발족하고, 경제기획원 장관을 부총리 급으로 임명한다. 경제기획원 장관은 그냥 장관이 아니었다. 모든 경제부처가 경제기획원의 지휘·통제를 받게 했고, EPB에 국가경제에 관한 모든 권한을 부여하였다. 게다가 유능한 인재들을 EPB에 집중 배치시켰다.

　당시 EPB는 경제에 관한 한 무소불위(無所不爲)의 조직이었다. 한마디로 EPB는 경제에 관한 한 슈퍼 부처였다. 예산 편성과 집행에서부터 투자 계획, 기술개발 계획을 조정하였으며, 대외 경제 협력 업무도 모두 EPB에서 관장하게 했다.

박 대통령이 EPB에 그렇게 많은 권한을 부여한 것은 선택과 집중을 위해서였다. EPB라는 기관을 통해 조속히 조국의 근대화, 즉 경제개발을 이루겠다는 의지였다. 박 대통령은 EPB를 중심으로 경제개발에 대한 세부 실천 계획을 마련한다. 1차(1962~1967)와 2차(1968~1973)에 걸쳐 대대적으로 이루어진 〈경제개발 5개년 계획〉이 바로 그것이다.

또한 경제개발의 싱크탱크 그룹으로 한국개발원(KDI)를 설립했는데, 이때 등용된 인물이 김학렬, 남덕우, 정인용, 김만제 등이다. 이들은 대부분 미국에서 경제학 공부를 한 대학교수와 경제관료 출신으로, 박 대통령은 이들 전문가들과 함께 선택과 집중을 통해 경제개발이라는 목표를 향해 뛰고 또 뛰었다.

박 대통령의 경우, '경제=KDI', '과학기술=KIST', '농업=농촌진흥청' 하는 식으로 분야별로 싱크탱크 그룹을 나누었고, 주요 과제에 대해서는 전문 T/F팀을 운영했다. 과제에 따라 장관에게 T/F팀을 맡기기도 했고, 정부부처 실무과장에게 T/F팀을 맡기기도 했다. 장관이면 어떻고, 과장이면 어떤가. 그 일을 가장 잘 알고, 그 일을 가장 잘 할 수 있는 사람이 필요했다.

경부고속도로 프로젝트의 경우에는 건설부 도로과장을 수시로 청와대로 불러 도로의 노선과 사업비 등을 지시하고 보고받았다. 즉 건설부 도로과장이 경부고속도로의 T/F팀장인 셈이다. 서울 농대 허문회 박사와 필리핀 소재 국제미작연구소(IRRI)가 공동 연구로 개발한 통일벼 개발 프로젝트의 경우에는, 김인환 농촌진흥청장을 수시로 청와대에 불러들였다. 김 청장이 통일벼 T/F팀장인 셈이다. 과학기술 분야는 과학기술처 장관을 역임한 초대 KIST 원장인 최형섭 박사에게 맡겼다. 최 원장이 과학기술 T/F 팀장인 셈이다. 최형섭 박사는 최장수 과학기술처 장관(7년간 재임)으로, 재임기간 동안 대덕연구단지 개발 등을 주도했던 이로, 한국과학기술의 아버지라 불릴 만큼 한국과학기술의 대부였다.

이렇듯 박정희 대통령은 '경제개발'이란 선택과 집중을 통하여 '한강의 기적'을 이루어낸 것이다.

삼성과 반도체

　선택과 집중이라는 주제에서 삼성의 반도체 신화를 뺄 수 없다. 삼성 반도체 신화는 이병철, 이건희 회장의 선택과 집중이 이루어낸 성과이며 역사다. 1974년 12월, 삼성전자는 한국반도체를 인수하면서 반도체 시장에 진출한다. 미국, 일본보다 무려 27년 늦은 출발이었다. 당시 삼성전자의 한국반도체 인수는 전적으로 이건희 회장의 아이디어였다. 이때 이 회장은 "반도체 산업이 삼성 미래의 씨앗"이라고 얘기했다고 한다. 그는 반도체 시장의 잠재력을 이미 꿰뚫어보고 있었던 것이다.

　그러나 이 회장의 반도체 산업에 대한 선택은 큰 벽에 부딪힌다. 바로 기술 장벽 때문이었다. 삼성의 반도체 산업은 매년 적자를 보았고, 그룹의 미운오리 새끼 신세가 되었다. 임원들 또한 희망이 보이지 않는 반도체를 매각해야 한다는 주장이 끊이지 않았다. 소위 구조조정 대상 1호였다. 당시는 이병철 회장조차도 부정적인 입장이었다. 삼성전자의 반도체 산업은 '중도 포기'와 '새로운 투자'라는 중대 기로에 서 있었다. 이때 이병철 회장은 과감한 선택을 한다.

"반도체 산업을 하기로 결심했다. 누가 뭐래도 밀고 나가겠다."

1983년 2월 8일, 이병철 회장은 도쿄 오쿠라 호텔에서 이와 같은 선언을 한다. 소위 '2·8 도쿄선언'이라 불리는 이날의 인터뷰로 이병철 회장은 더 이상의 논쟁은 없음을 대내외에 천명하였다. 삼성의 반도체에 대한 선택과 집중은 이렇게 시작되었다.

이병철 회장이 반도체 산업을 계속 밀어주기로 결심한 배경에는. 무엇보다 1년 전인 1982년 3월 미국 방문의 영향이 컸다. 명예 경영학 박사학위를 받기 위해 보스톤 대학을 방문했던 이병철 회장은, 처음으로 실리콘 벨리를 견학하게 된다. IBM과 휴렛팩키트 컴퓨터 공장을 방문한 그는 '손톱만한 반도체가 대체 뭐길래!'라며 큰 충격을 받았다고 한다. 한국에 돌아온 이병철 회장는 삼성 비서실에 반도체 산업에 대한 검토를 지시하게 된다. 벌써 몇 해 전부터 이건희 회장이 반도체의 미래를 그렇게 귀에 못이 박히도록 얘기했을 때는 "씰데없는(쓸데없는) 소리"라고 핀잔까지 주던 그가 실리콘 벨리의 현장을 직접 목도하고는 크게 깨달은 바가 있었던 것이다.

이병철 회장의 선택이 있은 지 불과 6개월 만인 1983년 12월 삼성전자는 64KD램 개발에 성공한다. 세계를 깜짝 놀라게 한 쾌거였다. 소위 '기흥벨리'의 탄생을 여는 신호탄이 된 셈이다.

1993년 6월 13일~14일 이틀간 프랑크푸르트에서 이건희 회장의 강연 형식의 '프랑크푸르트 선언'이 발표된다. 이것은 이 회장의 반도체 산업에 대한 선택과 집중의 마지막 액션플랜이었다.

"삼성그룹은 15만 명이다. 15만 가족이 제각각 움직이면 배는 제자리에서 뱅뱅 돌게 되지만, 한 방향으로 나가면 속도는 15만 배가 빨라진다."

"마누라와 자식 빼고 다 바꿔라."

이 회장의 신 경영 선언으로 이어진다. 이병철·이건희 회장의 반도체 선택은 신의 한수였다. 삼성을 오늘날 세계 일류기업으로 만든 건 한마디로 선택과 집중의 승리라고 할 수 있다.

case 싱크탱크 그룹과 T/F팀 운영

선택과 집중을 위해서는 예나 지금이나 두뇌집단이 필요하다. 아이디어를 창출해낼 전문가 집단이 필요하다. 바로 싱크탱크 그룹이다. 세종 때의 집현전과 정조 때의 규장각처럼 말이다. 나 또한 기존 조직을 개편하여 시장 직속의 싱크탱크 그룹으로 '정책기획단'을 발족하였다.

정책기획단은 5급 사무관을 단장으로 하고, 6급(주사)과 7급(주사보)의 20여 명을 단원으로 구성하였다. 그리고 정책기획단에 여러 개의 T/F팀을 두고 T/F팀 별로 주요 현안과제를 집중 추진하게 하였다.

2006년 7월 초, 문경시장으로 취임한 나는 내가 주요 공약으로 내세웠던 사업에 대한 추진계획을 간부들에게 지시했다. 1개월쯤 지나 추진 현황을 보고 받았는데, 이건 뭐 한마디로 실망 그 자체였다. 호랑이가 토끼로 바뀌어 있었고, 토끼가 호랑이로 둔갑해 있었다. 시장의 지시가 간부로부터 담당자로 내려가는 과정에서 정확하게 전달이 안 되었다는 말이다.

시청의 행정체계는 6단계(시장→부시장→국장→과장→계장→직원)이다. 6
단계 행정 계통을 거치면서 거북한 것, 시장이 싫어할 만한 것을
빼고 잘라서 두루뭉술하게 보고되었다. 한마디로 알갱이가 없었
다. 속도도 느렸다.

결국 나는 일을 효율적으로 하기 위해서는 정책기획단과 T/F팀
이 필요하다고 판단했다. 선택과 집중을 위한 일종의 직거래 시
스템이 필요했던 것이다. 당시만 해도 지방자치단체에서는 T/F
팀이란 조직이 다소 생소하였다. 나는 시장 취임 1개월 만에 T/F
팀을 30여 개 정도 만들었다.

문경시장으로 근무하면서 나는 정책기획단과 T/F 팀을 통해 많
은 일들을 할 수 있었다. 체육부대, 세계군인체육대회, STX리조
트, 서울대병원 연수원 등이 모두 정책기획단과 T/F팀에 의해 이
루어진 쾌거였다.

노하우2

끝까지 간다

혼자 하는 일은 열심히 하면 된다.
그러나 상대가 있을 때는
열심히 하는 것만으로는 부족하다.
모두가 최선을 다하기 때문이다.
남들보다 앞서고 싶다면,
죽기로 매달려 끝장을 보아야 한다.
우주 공간에서 산소를 갈구하는 절실함으로
오직 그것에만 매달려야 한다.

남보다 앞선다는 것

2016년 8월 한국레슬링 자유형 박장순 감독이 세계레슬링연맹(UWW) '명예의 전당'에 이름이 오른다는 기사를 접했다. 2년 전 심권호 선수가 한국인 최초로 명예의 전당에 입성한 후 한국인으로서는 두 번째 명예의 전당 입성인 셈이다. 참으로 축하할 일이다. 사실 내가 박 감독을 기억하는 건 꽤 오래전의 한 인터뷰 때문이다.

"4년 전 서울 올림픽에서는 죽기 살기로 했더니 은메달을 땄습니다. 이번에는 살기를 빼고 죽기로 했더니 금메달을 땄습니다."

다들 열심히 하고 모두가 최선을 다하기 때문에 목숨을 걸고 하는 수밖에 없다. 죽기로 매달리는 수밖에 없는 것이다.

2016년 리우 올림픽 유도 종목에서 은메달을 획득한 정보경 선수 또한 2012년 런던 올림픽부터 '오늘만 산다'는 각오로 4년을 보냈다고 밝힌 바 있다. 그리하여 런던 올림픽 때는 대표선수의 훈련 파트너였던 그녀가 리우 올림픽에서는 은메달을 목에 걸 수 있었던 것이다.

SM엔터테인먼트의 이수만 대표에 따르면, 한 명의 스타가 탄생되기까지는 눈물겨운 과정을 거친다고 한다. 모두가 목숨을 걸고 죽기로 한다는 것이다.

"재능이 있는 가수 지망생들은 1차로 엄격한 오디션을 통과해야 합니다. 이 오디션 과정이 얼마나 어려운지 몰라요. 고시보다 더 어렵다고들 하지요. SM의 경우 수백, 수천 대 1의 치열한 경쟁 과정을 거쳐야 합니다. 그렇게 오디션을 통과하면 그때부터 7~8년은 하드 트레이닝을 받습니다. 이 교육 과정이 힘들어서 중도에 포기하는 아이들도 있지요. 하루에 평균 예닐곱 시간의 개인 교습을 받습니다. 발성 훈련부터 춤은 물론이고 영어공부까지 시키죠. 이 교육 과정이 끝나면 또 한 번 엄격한 테스트를 받게 됩니다. 일종의 졸업시험이지요. 이 졸업시험에 합격해야 최종적으로 곡을 받을 수 있습니다. 곡을 받으면 다시 1만 번을 반복해서 연습시킵니다. 1만 번이면 한 곡 부르는데 3분이라고 해도 500시간입니다. 하루 열 시간씩 연습한다고 해도 2개월이 소요되는 시간이죠."

보아, 동방신기, 소녀시대 등이 그렇게 해서 탄생한 것이라고 한다. 스타는 하루아침에 만들어지는 것이 아니라는 말이다.

치열한 경쟁사회에서 승리하고 살아남기 위해서는 남보다 앞서야 한다. 그러기 위해서는 남보다 한 발 먼저 다가가고, 남보다 더욱 세밀하게 분석하고, 남보다 더 큰 정성을 기울이고, 남보다 더 끈질기게 버텨야 한다. 그래야 이길 수 있는 것이다.

case 1 국군체육부대 유치

뒤늦은 출발

체육부대의 문경 유치는 사연도 많고, 곡절도 많았다. 내가 시장으로 취임하기 전에 2005년 11월경 서울 송파지구 택지개발계획이 확정되면서 송파지구에 소재한 체육부대의 지방 이전 계획이 발표되었다. 체육부대가 유치되면 인구 증가와 지역경제 활성화에 큰 도움이 된다. 일반적인 군부대시설은 반대하지만 체육부대는 다르다. 그래서 체육부대 유치를 위해 많은 지방자치단체가 경쟁을 하게 된다.

우리는 경쟁지역보다 6개월이나 늦게 출발하였다. 이미 그때 경쟁지역은 유치 신청서를 체육부대에 제출하였고, 후보지에 대한 현장조사까지 마친 상태였다. 내가 체육부대 유치를 한 번 해보자고 했을 때 시청의 모든 간부들이 다 반대했다. 너무 늦었기 때문이다. 헛수고하지 말자고 했다. 괜히 들러리 서지 말자고 했다.

1%의 가능성만 있어도 해보자고 했더니, 1%의 가능성도 없다

고 했다. 그러면 끝난 것이냐고 물었더니 100% 끝난 것은 아니라고 했다. 100% 끝난 것이 아니라면 한번 해보자고 했다. 내가 끝까지 하자고 우기니 간부들이 반대도 못하고 어정쩡하게 따라왔다. 모두들 벌레 씹은 얼굴이었다. 어쩌면 속으로는 혼자 잘해보라고 비웃었을지도 모를 일이다.

"시장님, 마라톤으로 치면 다른 지역은 35킬로미터 지점을 통과했는데 우리는 지금 출발하는 꼴입니다."

당시 총무과장이었던 K씨의 말이다. 마라톤에서 35킬로미터면 골인 지점까지 거의 다 온 것 아닌가. 자동차나 헬기를 타고 가지 않는 한, 승부는 끝났다는 얘기 아닌가. 그래도 나는 무조건 해보자고 했다.

상식적으로는 간부들의 생각이 맞았다. 문경이 접근성이 좋은 것도 아니고, 체육 쪽으로 특별히 내세울 강점도 없었다. 하지만 상식대로만 하면 감이 떨어질 때까지 입 벌리고 기다리는 것과 무엇이 다르겠는가. 나는 상식을 뛰어넘어야겠다고 다짐했다.

모든 평가는 일단 시험을 잘 보아야 한다. 학교나 사회나 답안지를 잘 작성해야 한다는 뜻이다. 유치 신청서 얘기이다. 보고서를 잘 만들어야 한다는 얘기이다. 보고서를 잘 만들려면 충분한 시간이 있어야 하는데, 우리에게는 충분한 시간이 없었으므로 외부 용역을 줄 수도 없었기에 자체적으로 준비할 수밖에 없었다.

정책기획단의 A팀장에게 보고서 작성을 지시하였다. 일주일의 시간을 주고, 보고서의 분량은 경쟁지역보다 더 두껍게 만들어야 한다고 당부했다. 당시 경쟁지역의 보고서 중 제일 두껍게 만든 지역이 175쪽이었다. 그래서 우리는 무조건 200쪽 이상 만들라고 지시했다. 심사에서는 내용도 중요하지만 두꺼워야 좋은 점수를 받을 수 있다. 심사위원 입장에서는 A군, B군, C시에는 관심이 없다. 서류를 꼼꼼히 읽어볼 시간도 없다. 무조건 두꺼워야 한다.

3일 뒤 중간점검을 위해 정책기획단에 들렀다. A팀장이 그때까지 준비한 보고서를 내게 보여주었다. 그런데 그때까지 준비한 내용이 고작 15쪽이었다. 보고서라는 게 별것 없다. 후보지의 입지에 관한 내용이 주로 담긴다. 들어가야 할 내용은 거의 다 들어갔는데 15쪽밖에 안 되니, 목표 200쪽까지는 턱없이 부족했다. 어떻게 보고서를 늘릴까 고민하고 고민했다. 하지만 본문의 내용으로는 도저히 200쪽을 만들 수 없다는 판단이 섰다. 결국 부록으로 채우기로 했다.

부록을 늘리기 위해서 정책기획단의 모든 직원을 총동원했다.

사진을 잘 찍는 직원에게는 후보지 현장에 나가서 사진을 찍게
했다. 지적직 공무원에게는 후보지 필지조사를 시켰다. 나머지
직원들에게는 문경의 역사, 문경의 문화, 문경의 관광에 대한 기
초자료 조사를 시켰다. 3일 후 각자가 준비한 내용을 취합하였더
니 275쪽의 훌륭한 보고서가 마련되었다.

마지막 프레젠테이션

마지막 프레젠테이션은 말 그대로 마지막 통과 관문이다. 학기
말 고사 같은 것이다. 현장조사와 서류심사를 망라한 종합평가
자리이다. 옛날 같으면 대부분 실무 담당자가 발표를 했는데, 요
즘은 경쟁이 치열해지면서 시장이나 군수가 직접 발표하는 일이
많아졌다.

마지막 프레젠테이션에서 또 한 번 역전 드라마를 연출하였다.
야구에서 9회 말 역전 만루 홈런 같은 사건이 벌어졌다. 2006년
9월 27일, 후보지 결정을 위한 마지막 프레젠테이션이 송파 체육
부대 대강당에서 있었다. 부대장을 포함한 300여 명의 전 부대원
이 참석한 가운데 개최되었다.

"A팀장, 이제 마지막 단계요. 우여곡절 끝에 여기까지 왔는데 젖 먹던 힘까지 다 바쳐 반드시 유치합시다."

이제 모든 준비는 끝났다. 전날 밤에는 직원들 앞에서 발표에 대한 리허설도 했다. 발표 내용을 달달 외울 만큼 반복해서 연습하였다. 발표시간은 30분.

그날 오후, 설레는 마음을 달래며 체육부대 강당에 도착했다. 대학 강단에도 서보았고 선거도 치렀으니 발표에는 자신 있다고 생각했는데, 그날따라 긴장도 되고 떨렸다. 한편으로는 설레기도 하였다. 발표순서가 정해졌다. A군, B군, C시 그리고 네 번째가 우리 문경시의 차례였다. 경쟁지역의 발표를 보면서 전날 리허설한 내용을 마음속으로 점검하고 또 점검했다.

"C과장, 오늘 프레젠테이션에서 멋지게 발표하여 역전시킵시다. 그런데 발표에 앞서 큰절을 한 번 하면 어떨까?"

"큰절이요? 시장님 체면도 있는데 젊은 친구들한테 큰절하는 것은 좀 그렇지 않습니까. 전 반대입니다."

프레젠테이션이라는 것이 대동소이하다. 차별화될 것이 사실상 없다. 차별화의 한 방편으로 큰절을 생각했던 것이다.

"A팀장 생각은 어떻소. 큰절 말이야."

"저는 손해 볼 것 없다고 생각합니다."

순간 손해 볼 것 없으면 해야 된다는 말이 나에게 팍 꽂혔다. 그렇다. 손해 볼 것 없으면 무조건 해야 한다. 체면이 뭐 중요한가. 나보다 젊은 부대원들에게 큰절 한 번 하는 게 뭐 그리 체면이 상하는 일이겠는가. 그리고 어리다고 해도 부대원들은 지금 나의 위대한 고객이다. 지금 나는 문경시장이 아니라, '체육부대 유치 전도사'이다. '체육부대 유치 로비스트'이다. 겁날 것도 없고, 창피할 것도 없었다.

드디어 문경시의 차례가 되었다. 그런데 참으로 분위기가 안좋았다. 사실 그들에게 발표 내용이 무슨 재미가 있겠는가. 3개 시·군에서 90분간 똑같은 내용을 반복해서 듣고 있자니 지루할 만도 했다. 참석한 부대원들 절반 이상이 졸고 있었다.

"문경시장입니다. 먼저 발표의 기회를 주신 부대장님과 부대원 여러분께 감사하다는 말씀을 전합니다. 발표에 앞서 제가 큰절 한 번 올리고 시작하겠습니다."

말을 마친 나는 무대 중앙으로 가서 부대원들 앞에 큰절을 했다. 그런데 예상치 못한 상황이 발생했다. 내가 큰절을 했는데 박수 치는 사람이 한 사람도 없었다. 노인회관에서 어르신들에게

절을 드려도 박수를 치는데 이상했다. 인심이 야박한 것인지, 심사자리라서 서로 눈치를 보고 있는 것인지⋯ 아무튼 큰절로 다른 후보지와 차별화하려던 나의 예상은 빗나갔다. 순간 정말 당황스러웠다. 그냥 일어서야 하는 것인지, 조금 더 기다려야 하는지 판단이 서지 않았다. 1초, 2초, 3초 시간은 흐르는데, 강당 안은 정말 쥐 죽은 듯 고요했다. 숨소리마저 멈춰 있는 것 같았다. 긴장의 순간이 흐르고 있었다.

한 5초쯤 지나 그냥 일어날 수밖에 없다고 생각하는 순간, 민망했던지 앞줄에 앉아 있던 부대원들이 박수를 치기 시작했다. 박수는 바로 뒷줄로 번졌다. 박수는 마른 장작에 불을 붙인 것같이 번져 나갔다. 금세 강당 전체에 우레와 같은 박수가 터져 나왔다. 나는 안도의 한숨을 내쉬었다. 갑자기 힘이 솟았다. 박수가 늦게 나온 것이 오히려 극적인 효과를 내었다. 박수 소리가 약간 잦아질 무렵, 벌떡 일어서서 마이크를 잡았다.

"감사합니다. 감사합니다. 정말 감사합니다. 제가 오늘 큰절을 올린 이유는 두 가지입니다. 첫째, 1984년 체육부대 창설 이래 올림픽에서 금메달 따느라고 얼마나 고생하셨습니까. 그 점에 대해 8만 문경시민을 대신해 감사하다는 뜻을 전한 것입니다. 둘째, 체육부대가 문경으로 오면 제가 큰절을 올린 이 마음과 정성으로 잘 모셔서 상무부대가 더욱 큰 발전을 이루도록 하겠다는 뜻입니다."

두 번째 단락, '상무부대의 더 큰 발전을 이루겠습니다'라는 구절을 길게 뽑으며 또 한 번 박수를 유도했다.

또 한 번의 큰 박수가 강당을 울려 퍼졌다. 조용하던 강당 안이 술렁거렸다. 갑자기 생기가 돌았다. 큰절의 효과는 예상보다 컸다. 무엇보다 졸고 있던 부대원들이 모두 깨어났다. 갑자기 눈망울이 초롱초롱 빛났다. 그때부터 내 일거수일투족에 말 한마디 한마디에 호응을 해주었다. 또 한 번의 큰 박수가 강당에 울려 퍼졌다.

"…후보지 좌측에 봉우리가 하나 있습니다. 이 봉우리에 이름이 없습니다. 체육부대가 이곳으로 오면 이 봉우리를 '상무봉'이라고 이름 붙이겠습니다."

지명까지 바꾸겠다는 말에 부대원들이 크게 호응을 하면서 또 한 번 큰 박수가 울려 퍼졌다. 큰 박수 세례가 이어지면서 강당 안은 한마디로 문경 무드였다. 그날 나는 박수를 다섯 번이나 받았다. 박수 세례로 A군, B군, C시를 압도하는 분위기였다.

그런데 나중에 안 사실이지만, 내가 '상무봉'이라고 이름 붙이겠다고 한 봉우리에는 어엿한 이름이 있었다. 조선시대 왕실의 태(胎)를 묻었다 하여 '태봉'이라고도 하고 알처럼 생겼다고 하여 '알봉'이라고도 불린단다. 프레젠테이션 당시 이름을 몰랐던 나는 A팀장의 각본대로 '상무봉' 얘기를 꺼낸 것이었다.

"시장님, 아까 프레젠테이션 때 거짓말하셨습니다."

문경으로 돌아오는 차 안에서 A팀장이 이실직고하였다. 처음부터 거짓말이라고 하면 내 성격상 안할 것이기에 선의의 거짓말을 했다고 고백했다. 이 문제는 뒷날 내가 상무부대를 방문했을 때 공개적으로 사과함으로써 마무리되었다. 어쨌든 그날 프레젠테이션은 대성공이었다. 프레젠테이션이 끝난 뒤 많은 부대원들이 나에게 다가와 악수를 청했으며, '문경 최고'라는 뜻에서 엄지손가락을 치켜세우며 환호해주었다.

유치전쟁

'로비'라고 하면 대부분 좋지 않은 이미지를 연상하는 경우가 많은데, 현실적으로 로비는 의사결정 과정에서 매우 큰 역할을 한다. 로비를 꼭 나쁘게만 볼 것이 아니다. 로비는 나의 강점을 평가자에게 정확하게 전달하는 과정이다. 사실 평가자는 대부분 주변사람들이 얘기해주는 대로 판단하기 때문에, 누가 얼마나 더 열심히 정확하게 나의 강점을 전달하는가가 평가의 기준이 되고, 그것이 로비이다.

프레젠테이션 다음날 아침, 나는 긴급간부회의를 소집했다. 그리고 간부들에게 유치전쟁, 소위 로비전쟁을 선언하였다. 시의 모든 인적 네트워크를 총동원하여 체육부대 유치에 동참하자고 외쳤다.

"간부 여러분, 이제 우리가 실무적으로 할 일은 다 했습니다. 이제는 외부의 힘을 빌려야 합니다. 실무평가에서 우리가 1등을 했다면 1등을 지켜야 하고, 우리가 2등, 3등을 했으면 정치적 논리를 앞세워 뒤집어야 합니다. 몇 년 전 태권도 공원 유치는 실무평가에서 1등을 한 경북의 K시를 제치고, 실무평가에서 2등을 한 전북의 M군으로 결정되었습니다. 일종의 정치적 배려였지요."

곧바로 문경과 서울에서 긴급하게 체육부대 유치를 위해 범시민대책회의를 소집하였다. 거기에는 문경을 대표하는 국회의원, 전직 시장, 전·현직 도·시의원, 출향 인사, 관련 단체 대표들이 참석하였다. 나는 그 자리에서 그간의 경과를 설명하고, 모두가 나서서 힘써 달라고 간곡히 부탁드렸다.

"도와주십시오. 지금 문경은 광산이 문을 닫고 인구가 줄어들어 상권이 무너지고 있습니다. 체육부대가 유치되면 인구도 늘고, 체육부대는 문경의 새로운 희망의 등불이 될 것입니다."

모든 분들에게 고문, 자문위원의 위촉장까지 만들어 내가 직접 전달하였다. 종이쪽지 한 장이지만 위촉장의 효과는 생각보다 컸다. 나도 대선 때 당 대표로부터 위촉장을 받아본 적이 있었다. 위촉장을 받아보니 안 움직일 수가 없었다. 고향을 떠나 객지에서 생활했는데, 고향의 시장이 직접 나서서 부탁을 하니 잠재해 있던 애향심이 발동하는 것이다. 위촉장을 받은 모든 분들이 국회로, 청와대로, 국방부로 나섰다. 다음날부터 그분들은 열심히 활동을 하셨고, 활동 결과를 수시로 내게 알려주었다.

나도 유치전쟁에 동참했다. 문경 유치의 당위성을 정리한 서류 한 장과 명함만 들고 쫓아다녔다. 아예 시청 일은 부시장에게 맡기고 서울에 상주하다시피 하면서 체육부대와 관련이 있는 분들은 무조건 찾아다녔다. 그런데 그분들을 만나는 것 자체가 쉽지 않았다.

일단 낮에는 사무실로 찾아갔고, 사무실에서 못 만난 분들은 불가피하게 집으로 찾아갔다. 그런데 집으로 찾아가는 것도 쉬운 일이 아니다. 대부분 저녁 늦게 귀가하시는지라 저녁 시간보다 새벽 시간을 이용하였다. 그렇다고 새벽 시간에 남의 아파트나 집으로 방문할 수는 없는 노릇이다. 결국 내게 허락되는 건 그분들이 아파트 입구를 나서서 자동차에 승차할 때까지의 시간뿐이었다.

새벽부터 아파트 주차장에서 무작정 대기하다가 아파트 입구를 나오는 순간 달려가 인사를 하고 준비된 자료를 전달하였다. 그리고 승용차에 승차할 때까지 따라가면서 간단한 설명을 곁들였다. 설명시간은 불과 5초~10초 정도로 번갯불에 콩 볶는 식이었다. 설명이 제대로 전달될 리 없겠지만, 적어도 나의 간절한 정성만은 전달될 것이라 믿었다.

당시 나는 보름 가까이 서울에 상주하면서 새벽부터 남의 동네 아파트 주변을 서성거리는 신세가 되었다. 남의 동네 아파트 입구에 차를 대고 대기하다 보면 어떤 날은 경비원이 달려와 여기서 뭐하냐며 따질 때도 있었고, 어떤 경우는 그냥 쫓겨나기도 했다. 본의 아니게 도둑놈 취급까지 받기도 했다.

문경 유치 확정

2007년 4월 3일, 심사 결과가 국방부 홈페이지에 게재되었다. 체육부대의 문경 유치가 확정된 것이다. 정말 날아갈 듯 기쁘다는 표현은 이럴 때 쓰는 것이란 느낌이었다. 어쩌면 내가 처음 시장 선거에 당선된 것보다 더 기뻤다. 그때 나는 허위사실유포 혐의로 대구 고등법원에서 재판을 받고 있었는데, 재판 걱정도 그날만은 잊을 수 있었다.

그런데 놀라운 일이 하나 더 있었다.

"시장님 심사 결과가 국방부 홈페이지에 게재되었는데, 우리 문경이 100점을 받았습니다."

A팀장의 보고였다.

"시장님, 어떻게 100점 만점을 줄 수가 있습니까? 참으로 이상합니다."

그렇다. 나도 이해가 잘 되지 않았다.

"우리가 정말 열심히 하다 보니 심사위원들이 감동을 한 것 같습니다. 그렇지 않고서야 어떻게 100점 만점을 얻을 수 있습니까."

A팀장은 끝까지 이해가 되지 않는다고 했다. 100점 소식은 꼬

리에 꼬리를 물고 한동안 문경 사람들의 모임에서 회자되었다. 참으로 감사했다. 문경으로 유치를 결정해준 것만으로도 감사한데, 100점 만점을 준 것이 더욱 감사했다.

평가 요소	A	B	C	문경시
총계	72점	88점	81점	100점
훈련부지의 적합성(70)	49	62	57	70
지자체의지/지원사항(20)	14	18	17	20
간부의견(10)	9	8	7	10

〈국군체육부대 후보지별 평가결과〉

"A팀장, 체육부대 유치 성공 요인은 무엇이라고 생각하는가?"

"여러 가지가 있겠지만 저는 절박한 마음으로 성심을 다했기 때문이라 생각합니다. 한마디로 죽기로 하니까 이루어진 것입니다."

그렇다. 죽기로 하니까 하느님도 감동한 것이다. 체육부대 문경 유치가 확정된 뒤 가장 아쉬움을 표한 사람은 함께 경쟁했던 충북의 B군수였다. 나중에 체육부대 유치 심사를 맡았던 B박사에게 들은 이야기지만, 문경이 유치 경쟁에 뛰어들기 전까지 체육부대 후보지는 사실상 B군으로 기울어져 있었다고 한다.

"체육부대 고기가 B군수의 족대에 들어가 그냥 들어올리기만 하면 되는 것이었는데, 들어 올리려는 순간 문경시장이 고기를 낚아채간 꼴이지요."

나는 체육부대 유치에서 또 하나의 소중한 교훈을 얻었다. 아무리 어려운 일도 죽기로 하면 이루어진다는 것이다. 혼자 하는 일은 열심히 하면 된다. 그러나 상대가 있는 게임에서는 그냥 열심히 하는 것으로는 부족하다. 다들 최선을 다하기 때문이다. 그야말로 '죽기로' 해야 한다.

"시장님, 시장님 큰절 값이 3천9백억짜리입니다."

A팀장의 얘기이다.

반대 민원

유치의 기쁨도 잠시, 전혀 예상치 못한 일이 발생했다. 반대 민원이 발생한 것이다. 체육부대 유치가 확정된 후 호계면 견탄리 지역 주민들은 상여를 메고 시청 앞까지 와서 반대 시위를 했다. 체육부대 유치는 무조건 좋은 일, 선(善)이라고만 생각했는데, 땅이 수용되는 견탄리 지역 주민의 입장은 달랐다. 선대(先代)로부터 물려받은 문전옥답(門前沃畓)을 강제로 빼앗겨야 하는 아픔이 있었던 것이다. 솔직히 나는 민원 문제는 생각지도 못했다. 아침 간부회의를 주재하다가 시위 소식을 듣고 곧장 시위 현장으로 달려갔다.

"주민 여러분, 죄송합니다. 후보지가 확정될 때까지는 보안이 요구되어 그동안 미리 말씀을 못 드렸습니다. 앞으로 여러분들의 의견을 최대한 반영하겠습니다."

한 시간 가까이 견탄리 주민들의 시위는 계속되었다. 그런데 반대 시위 대원 중에 나의 둘째누님이 보였다. 깜짝 놀랐다. 솔직히 섭섭하기도 했다. 저녁에 퇴근하고 누님께 전화를 드렸다.

"누님, 누님께서 어떻게 거기에 동참할 수가 있습니까. 제가 어떻게 유치했는데."

"무슨 소리야! 내가 부녀회장인데, 동생 때문에 얼마나 마음고생 했는지 알아? 남의 속도 모르고."

그렇다. 누님께서는 현직 부녀회장으로 앞장서 반대도 못하고 속앓이를 참 많이 하셨다. 그날도 부녀회장으로서 불가피하게 동참하신 거였다. 어쨌든 그날 전화로 누님과 언쟁을 한 후 6개월 가까이 서로 내왕을 하지 않았다. 남매지간이지만 언짢은 얘기를 듣고 나니 왠지 서먹했다. 묘한 자존심이랄까. '내가 뭘 잘못했노!' 식이었다. 지나고 보니 누님께 미안하다. 그해 어머님 생신

때 만나 겨우 화해를 했으니, 내가 너무 옹졸했었다. 믿었던 만큼 서운함이 컸었나 보다. 게다가 체육부대를 유치하기 전까지 호계면 견탄리 주민들은 선거 때마다 나를 전폭적으로 지지해주었는데, 체육부대 유치 이후에는 상황이 많이 바뀌었다.

 몇 백 년 내려오던 문전옥답을 강제로 수용당하는 아픔을 미처 헤아리지 못했다. 농촌에서는 토지가 전부이다. 목숨과도 같은 것이다. 법적으로 토지 보상이야 받지만, 보상받은 돈으로 대토(代土)를 하는 건 쉽지 않다. 나는 그때 다시 한 번 세상사의 양면성을 깨달았다. 체육부대 유치가 문경 발전에는 도움이 되겠지만, 견탄리 주민들에게는 전혀 다른 아픔으로 각인되었음을 절감한 것이다.

case 2 세계군인체육대회 유치

양세일 장군의 제안

체육부대의 유치에 이어 군인체육대회 문경 유치는 또 한 번 주변을 깜짝 놀라게 했다. 처음 세계군인체육연맹(CISM)의 관계자에게 문경을 얘기했을 때는 다들 의아해했다.

"문경이라고요? 문경이 어디지요?"

계속 "What?"을 연발하면서 반복해서 묻고, 또 물었다. 그들에게 문경은 전혀 생소한 도시였다. 세계지도에도 나와 있지 않은 도시였다. 한국에 여러 번 방문한 적이 있는 사람조차 문경이 어디에 있는 도시냐고 물었다. 영어로는 발음조차 어려웠다. '문기엉', '먼기엉(Mungyong)' 하였다. 그들에게 문경을 설명하는데, 최소 3~5분이 걸렸다.

게다가 문경시 인구가 얼마냐고 물었을 때는 나도 모르게 목소리가 기어들어갔다. 7만5천 명을 반올림해서 8만 명이라고 하였더니, 혹시 0자 하나가 빠진 것 아니냐고 되묻기까지 했다. 그리고는 인구 10만도 안 되는 소도시에서 어떻게 큰 국제대회를 유치할 수 있느냐고 했다. 한마디로 배보다 배꼽이 크지 않느냐는 거였다.

군인체육대회는 말 그대로 4년마다 열리는 세계군인들의 체전이다. 한마디로 군인올림픽이다. 참가 선수단 규모가 1만 명에 가깝다. 제1회 대회는 1995년 이탈리아 로마에서 개최되었으며, 제2회 대회는 1999년 크로아티아 자그레브에서, 제3회 대회는 2003년 카타니아에서, 제4회 대회는 2007년 인도 하이데라바에서 개최되었다. 제5회 대회는 2011년 브라질 리우데자네이루에서 개최되었고, 제6회 대회가 2015년 문경에서 개최되었다. 제7회 대회는 2019년 중국 우한(武漢)에서 개최될 예정이다.

군인체육대회의 문경 유치는 2007년 9월경 양세일 장군의 제안으로 시작되었다. 당시 나는, 사실 그런 대회가 있는 줄도 몰랐다.

"시장님, 체육부대가 문경으로 이전되고 나면 또 하실 일이 하나 있습니다. CISM이 주관하는 군인체육대회의 유치입니다. 군인체육대회는 국내에는 아직 잘 알려져 있지 않지만, 세계 5대 메이저대회 중 하나입니다. 문경에서 이 대회를 유치하면 문경의 새로운 역사가 이루어질 것입니다."

양세일 장군은 차분하게 말을 이었다.

"국제대회 개최는 지역을 알리고 홍보하는 최고의 수단이지요. 88서울올림픽과 월드컵 개최는 대한민국의 역사를 바꿔놓았습니다. 88서울올림픽은 발전된 대한민국의 참 모습을 알리는 결정적 계기가 되었지요. 88서울올림픽은 우리나라뿐만 아니라 잠자고 있던 중국을 일깨우는 계기도 되었죠. 88서울올림픽을 TV 화면으로 보면서 중국이 큰 충격을 받았다고 합니다. 중국의 공산당 간부들도, 인민들도 마찬가지였답니다. 당시 그들은 우리나라와 자기들이 도토리 키 재기거나, 조금 나은 정도라고 생각했답니다. 88올림픽은 대한민국의 화장실 문화까지 바꿔 놓았지요. 저는 군인이기에 외국을 자주 나가는데, 많은 분들이 88올림픽과 2002월드컵 이야기를 합니다. 문경이 광산 도시였고 문경새재가 아름답지만, 문경은 시골의 작은 도시에 불과합니다. 외국인들에게는 생소한 지역이지요."

"좋습니다. 장군님 시키는 대로 할 테니 방법을 가르쳐주십시오."

"시장님의 열정이면 해낼 수 있습니다. 체육부대 유치할 때처럼만 하십시오. 그렇게 하시면 됩니다."

나는 양 장군을 부둥켜안았다. 그날 양 장군과 군인체육대회 유치 전략에 대해 밤늦게까지 논의를 했다.

조스 장군과의 만남

양 장군의 첫 번째 역할은 조스(Joss) 장군과의 만남을 주선해주는 것이었다. 조스 장군은 스위스 국적의 육군소장으로, 당시 판문점 중립국 감시 단장이었다. 조스 장군은 CISM의 상임이사로, 이를테면 CISM의 실세인 셈이다.

2007년 9월말, 양 장군의 주선으로 서울에서 조스 장군과의 자리가 마련되었다. 나는 무조건 매달렸다. 무조건 도와달라고 했다. 짧은 영어지만, 사부로 모시겠다는 얘기까지 했다. 그리고 문경 개최의 타당성에 대해서도 설명했다.

"문경이 작은 도시지만 체육부대가 이전되면 현대식 체육단지가 조성됩니다. 별도의 체육관, 운동장을 건설하지 않더라도 충분한 체육 인프라가 구축됩니다."

부족하다면 포항, 김천, 영주, 상주 등 인근 도시와의 연계도 가능하다며 공동개최 방안도 제시하였다.

"좋습니다. 제가 역할을 하겠습니다. 저는 한국에 오랫동안 체류하였기에 누구보다 대한민국을 잘 압니다."

조스 장군은 흔쾌히 응해주었다.

"먼저 2011년 CISM 총회를 서울로 유치하십시오. 2011년 총회에서 2015년 대회 개최지가 결정되기 때문이지요. 그리고 빠른 시일 내에 CISM 본부(벨기에 브뤼셀)를 방문하여 대한민국의 의지를 전하십시오. 브뤼셀에 가시면 제가 사무총장에게 연락해두겠습니다. 사무총장은 저와 같은 스위스 사람이고, 저와 같은 부대에서 근무도 했습니다."

CISM 총회는 CISM의 최고 의사결정기구이며, 2년마다 개최된다고 했다. 솔직히 국제대회에 대해 잘 몰랐기 때문에 어디서부터 출발해야 되는지 막연했는데, 조스 장군의 얘기를 듣고 나니 무언가 감이 잡히기 시작했다. 일주일 뒤 조스 장군 내외를 문경으로 초청하여 1박2일을 함께 보내면서 군인체육대회 유치 전략에 대해 또 한 번 심도 있는 논의를 나누었다.

유치 작전

군인체육대회 유치에 대한 사전포석은 끝났다. 이제 유치작전 개시이다. 먼저 군인체육대회 유치 전담팀(T/F팀)을 만든 다음, 조스 장군의 조언대로 브뤼셀 CISM 본부를 방문했다.

어느 조직이든 사무총장의 역할이 대단히 중요하다. 모든 의사 결정의 중심에는 사무총장이 있기 때문이다. 나는 사무총장과 담판을 짓기로 작심했다. 사무총장과 끝장을 보겠다는 각오였다. 사무총장의 확답을 받기 전까지는 귀국하지 않겠다는 각오로 임했다. 그때 나는 서희 장군이 소손녕과 담판을 지은 고사(故事)를 생각하면서 사무총장을 만났다.

"총장님, 조스 장군으로부터 얘기 잘 들었습니다."

나는 조스 장군 얘기부터 꺼냈다. 사무총장은 조스 장군으로부터 전화 받았다고 얘기했다. 나는 88올림픽과 2002월드컵, 대구 세계육상대회, 유니버시아드 대회에 대해 언급했다. 사무총장은 그 이야기도 잘 알고 있다고 답했다. 여기까지는 좋았다.

"2015년 대회의 개최를 희망하는 나라는 중국, 터키, 한국 등 6개국입니다."

사무총장은 경쟁국인 터키와 중국 이야기를 꺼내면서 은근히 겁을 주었다. 특히 중국은 광저우 아시안게임, 북경 올림픽 이후의 또 다른 국제대회 유치 차원에서 적극적으로 나서고 있다고 덧붙였다. 얼마 전, 중국 측 관계관이 다녀갔다는 이야기도 했다.

그는 먼저 인구 10만도 안 되는 문경시에서 과연 큰 국제대회를 감당할 수 있겠느냐고 물었다. 예상했던 질문이었다. 가장 아픈 질문이기도 했다. 나는 체육부대 이야기부터 했다. 그리고 작은 고추가 맵다는 우리 속담도 이야기하고, 12척의 배로 330척의 왜군을 물리친 이순신 장군 일화도 들려주었다. 일은 사람이 하는 것이기에 의지가 중요하다고 강조하면서, 기회를 주면 죽기로 하여 꼭 성공시키겠다는 다짐도 했다. 그리고 문경시민은 일당백이란 말도 덧붙였다. 일당백이란 얘기에 그는 미소를 지었다. 그의 미소에서 나는 안도의 숨을 내쉴 수 있었다. 그는 나의 의지를 테스트한 것이었다. 나의 각오를 테스트한 것이었다.

그날 모리소드 사무총장과 긴 시간 많은 얘기를 나누었다. 처음 만났지만 친구같이 느껴졌고, 끝부분에서는 걱정 말라는 멘트까지 하였다. 그러면서 그는 자신이 조스 장군과는 각별한 사이임을 밝혔다. 한국에 가면 조스 장군에게 꼭 안부 전해달라고 했다. 조스 장군의 역할이 컸음을 확인할 수 있었다.

이것으로 90%의 확답을 받은 셈이었다. 그야말로 큰 우군을 얻었다. 마지막으로 모리소드 사무총장은 칼카바 회장과 협의해보겠다고 했다. 회장만 OK하면 자기는 무조건 좋다는 얘기였다. 어쨌든 브뤼셀 본부 방문은 대 성공이었다. 나중에 문경 유치가 확정된 후, 그는 내게 그날 나의 끈질기고 결연한 의지에 감동했고, 꼭 도와주어야겠다는 생각이 들었다고 밝혔다.

모리소드 사무총장의 설득을 마친 나의 다음 목표는 칼카바 회장이었다. 칼카바 회장은 아프리카 출신의 현역군인이었다. 2010년 10월 31일, 칼카바 회장을 만나기 위해 요르단 암만으로 향했다. 그 무렵 CISM 이사회가 암만에서 개최되고 있었기 때문이다.

칼카바 회장과의 첫 만남은 조스 장군과 함께하였다. 조스 장군이 옆에서 적극적으로 도와주었다. 두 사람은 절친했다. 나의 설명이 미진할 때는 조스 장군이 도와주었다. 첫 만남에서 그는 다소 권위주의적 자세를 취하며 원론적인 이야기만 했다. 그러나 두 번째, 세 번째 만남에서 180도로 바뀌었다. 암만에 머무는 동안 나는 칼카바 회장과 세 번 독대하였다. 세 번째 만남에서 칼카바 회장은 걱정말라(Don't worry)고 했다. 확답을 받은 셈이다.

어쨌든 칼카바 회장, 모리소드 사무총장, 조스 장군의 도움으로 요르단에서 개최된 CISM 이사회에서 터키, 중국 등을 제치고 대한민국 문경이 개최지로 결정되었다. 2015년 대회의 최종 확정은 총회에서 결정된다. 하지만 총회는 형식상 거치는 통과의례 과정에 불과했으므로, 대외적으로 2015년 대회의 개최지는 사실상 문경으로 확정된 셈이었다. 나중에 안 사실이지만, 사무총장이 경쟁국들을 일일이 설득했다고 한다. 중국 측에는 다음 대회를 약속했고, 터키 측에는 준비 부족으로 안 된다고 거절했다.

유인촌 장관의 반대

산 넘어 산이라고 해야 하나. 브뤼셀 본부 방문과 요르단 이사회를 통하여 터키, 중국 등의 경쟁국을 따돌리고 대한민국 문경을 사실상 개최지로 확정지었으나, 생각지도 못한 국내 승인이 문제가 되었다.

국제대회의 개최는 정부 승인과 예산 당국의 협의가 필수인데, 유인촌 장관이 평창 동계올림픽 유치가 확정되기 전까지는 어떤 국제대회도 유치하지 않겠다고 천명한 것이다. 유 장관의 기자회견 발표가 있은 직후 곧바로 문체부로 달려가 유 장관을 만났다.

"평창 동계올림픽의 개최는 세 번째 도전입니다. 이번에 실패하면 더 이상 기회는 없습니다. 그런데 대한민국이 국제대회를 싹쓸이한다는 인식을 심어주어서는 안 됩니다. 따라서 평창대회가 확정되기 전까지 다른 대회는 당분간 양보하는 게 좋을 것 같습니다."

유 장관의 뜻은 확고했다. 나는 유 장관에게 얘기했다.

"평창 동계올림픽 유치, 좋습니다. 그러나 평창 올림픽 때문에 문경대회가 안 된다는 것은 말이 안 됩니다. 평창대회의 주관 기관은 IOC이고, 문경대회는 CISM이 주관합니다. 심사위원들도 다 다릅니다."

유 장관은 요지부동이었다. 계속 평창 올림픽 얘기만 했다. 내 얘기는 들으려고도 하지 않았다. 그날 나는 유 장관 설득에 실패했다. 참으로 허탈했다. 얼마나 힘들게 여기까지 왔는데, 국내 승인 때문에 포기해야 한다는 건 있을 수 없었다.

그날 유 장관은 4년 뒤에 하면 어떻겠느냐고까지 했다. 안 될 말이다. 4년 뒤에 어떤 상황이 될지 아무도 모른다. 게다가 이미 문경대회는 CISM 이사회 승인까지 나지 않았는가 말이다.

김태영 국방장관도 만났다. 국방부 측의 견해도 주무부처에서 저렇게 반대를 하니 난감하다는 말뿐이었다. 당시에는 천안함 사태 등의 현안 과제도 있었던 터라, 사실 국방부 입장에서는 4년 뒤의 국제행사에 목을 맬 이유가 없었다. 문경시장만 답답했다. 목마른 자가 샘 판다고 나 혼자만 안달이 났다. 아무 소득 없이 또 한 달이 지났다. CISM 총회까지 이제 6개월밖에 남지 않았다. CISM 총회 전에 국내 문제를 해결하지 못하면 끝장이다. 공든 탑이 무너지는 것이다.

그동안의 노력을 물거품으로 만들 수는 없다는 생각에 연일 청와대며 국방부, 국회를 찾아가 하소연했다. 시간이 지나면서 마음은 더 초조해졌고, 이제 비빌 언덕도 없었다. 아무리 생각해도 유 장관의 뜻을 꺾을 만한 방법이 떠오르지 않았다. 자꾸만 고개를 쳐드는 부정적인 생각에 온몸의 피가 다 마르는 것 같았다.

어떻게 여기까지 왔는데! 중국과 터키를 따돌리고, 모리소드 사무총장과 칼카바 회장과의 담판으로 여기까지 왔지 않은가. 국제대회 유치가 얼마나 치열한가. 이번에 잘못되면 문경에서의 국제대회 개최는 영원히 물 건너갈 수도 있었다. 야속한 시간만 거침없이 흘러 아무런 성과도 없이 또 한 달이 지나갔다. 여전히 관계 부처는 요지부동이었고, 혼자서만 애가 타 발만 동동 구르고 있었다.

　궁하면 통한다고 했던가. 전혀 생각지도 못했던 곳에서　작은 물꼬가 트였다. 당시 외교부 외교통상 본부장이었던 김종훈 전 국회의원이 그 무렵 문경(단산)에서 개최된 국제 패러글라이딩 대회에 격려차 참석한 것이다. 나는 김종훈 의원을 만나자마자 군인체육대회 이야기부터 꺼냈다. 실은 그에게 큰 기대를 했던 건 아니고, 그냥 지나가는 말로 나의 고민을 토로했던 거다. 그런데 그게 아니었다.

　김 의원은 외교관 출신이라 군인체육대회에 대해 아주 잘 알고 있었다. 그는 내게 군인체육대회의 창립 뒷이야기까지 들려주었다. 그리고 이 대회에 만약 북한까지 참가한다면 외교적으로 뿐만 아니라 정치적으로도 큰 의미를 갖게 될 것이라고 말했다. 그러면서 자기가 한 번 나서보겠다고 했다.

　"알겠습니다. 제가 유 장관을 한 번 설득해보겠습니다."

　며칠 뒤 김 의원에게서 전화가 왔다. 지난주 국무회의가 끝나고 유 장관과 김 국방장관을 따로 만나 군인체육대회의 유치 필요성을 강하게 설득했다고 했다. 문경시장 혼자 저렇게 고군분투하는데, 동냥은 못 주더라도 쪽박은 깨지 말라는 얘기까지 했단다.

결국 유 장관에게 적극적 반대하지는 않겠다는 확답을 받았다고 했다. 내놓고 도와주지는 못하지만 승인 안이 올라오면 모른 체 눈 감아주겠다는 뜻이다. 김 국방장관도 적극적으로 나서겠다고 약속했다고 했다.

그렇게 옴짝달싹도 않던 옹벽이 무너진 것이다. 김 의원과의 만남은 내게 천운이었다. 그때 그분을 만나지 못했다면 어떻게 되었을까 생각만 해도 아찔하다. 일단 꽉 막혔던 물꼬가 뚫리자 일은 일사천리로 진행되어 곧 국내 승인 절차에 돌입하였다. 결국 군인체육대회 정부승인 안은 13:1로 가결되었다(국제대회 승인심의위원회는 정부부처 관계관, 전문가로 구성되어 있다. 13명의 위원이 찬성표를 던졌다. 1명의 반대표는 문화체육관광부 관계관이었다. 문화체육관광부는 끝내 반대표를 던졌다.).

세계를 놀라게 한 문경시민 환영대회

경천동지(驚天動地) 하는 일이 발생했다. CISM 평가단의 문경 현지 방문 행사에 문경시민 40%에 해당하는 3만 명이 모인 것이다.

"A팀장, 이제 마지막 관문이오. CISM 평가단의 평가를 잘 받아 화룡정점을 찍읍시다."

이제 큰 고비는 다 넘겼으니, 평가단이라고 해도 겁먹을 필요는 없었다. 이사회까지 통과된 내용을 비토하지는 못하기 때문이다. 그러나 이왕이면 다홍치마 아닌가. 그들에게 좋은 이미지를 심어 주고 싶었다.

드디어 2011년 3월 2일, 날씨가 제법 쌀쌀했다. 바람도 조금 불었다. 오전에는 얼마나 많은 시민이 환영해줄까 걱정도 되었는데, 그것은 기우에 불과했다. 3만 명에 가까운 인파가 문경시청까지 4km 구간을 가득 매웠다.

흥덕시장 입구에서부터 시청까지 4km의 양 구간은 발 디딜 틈 없이, 환영 인파로 가득했다. 한마디로 인산인해였다. 평가단 오픈카가 전진할 수조차 없을 정도였다. 남녀노소 모두가 혼연일체가 되어 태극기를 들고 평가단을 환영했다.

평가단으로 참가한 단장과 단원들은 어쩔 줄을 몰라 했다. 평가단과 시민이 하나가 되었다.

"감동적입니다(Touching). 환상적입니다(Fantastic). 놀랍습니다(Amazing)."

터키 출신의 체리트 평가단장은 연신 감탄사를 연발했다.

"혹시 서울에서 사람을 동원한 게 아닙니까? 문경시의 인구가 도대체 얼마입니까?"

어쨌든 시민 환영대회는 대성공이었다.

CISM 서울총회

드디어 기다리고 기다리던 CISM 총회의 날이 밝았다. CISM 서울 총회는 2011년 5월 12일 서울 워커힐에서 개최되었다. 우리는 모두 1981년 9월 30일 IOC 총회에서 88올림픽의 개최지로 "쎄울" 하고 울려 퍼지던 순간의 감동을 기억하고 있다. 오늘 또한 번 바로 그날의 감동을 고스란히 느낄 수 있을 것이었다.

"2013년 CISM 동계대회는 프랑스 안시(Anshi), 2015년 CISM 하계대회는 대한민국 문경시를 개최지로 확정합니다."

CISM 서울 총회에서 칼카바 회장의 확정 발표가 있었다. 총회는 통과 의례이고 이미 모든 게 결정되어 있었다. 전혀 새로운 사실이 아니었지만, 막상 총회에서 칼카바 회장의 목소리로 "문경"이라는 이름이 울려 퍼지자 왈칵 눈물이 났다. 가슴이 두근거렸다.

처음 내가 이 대회의 유치하겠다고 했을 때, 모두들 언감생심 꿈도 꾸지 말라고 손을 저었다. 문경시청 공무원도, 심지어 국방부 관계관조차도 인구 10만도 안 되는 문경에서 국제대회 개최라니, 무리하지 말라고 했다. 문경시장이 좀 이상하다는 소리까지 들었다. 하지만 해낸 것이다. 누구도 해낼 수 없다고 한 일을 기어이 이루어낸 것이다. 그래서 눈물이 났다. 고함이라도 지르고 싶은데 오히려 소리 없이 눈물이 흘렀다. 이렇게 좋을 수가 있을까, 이렇게 기쁠 수가 있을까!

문경시장에 당선되었을 때보다, 체육부대를 유치했을 때보다 더욱 기뻤다. 조스 장군과의 만남, 브뤼셀 방문, 칼카바 회장과의 만남, 그리고 문체부의 반대에도 불구하고 결국 국내 승인을 받아내고, 문경시민들의 열렬한 환영대회까지… 그동안의 일이 주마등처럼 스쳐 지나갔다. 아무도 가능성을 믿어주지 않아도 만사를 제치고 죽기로 하니, 또 한 번의 기적이 이루어진 것이다.

총회가 끝나자, 칼카바 회장이 다가와 축하인사를 건넸다.

"Congratulation!"

노하우3

혁신적 마인드

안 된다는 생각이 먼저여서는 안 된다.

매너리즘에 빠져 안주해서도 안 된다.

새로운 변화를 두려워해서도 안 된다.

나무만 보지 말고 숲을 보자.

틀에 박힌 고정관념을 깨고 생각을 바꾸어야 한다.

세종과 장영실

세종과 장영실의 이야기는 혁신적 사고가 위대한 지도자에게 얼마나 중요한 덕목인가를 보여준다.

장영실은 동래현 소속의 노비였다. 당신 노비는 사람이라기보다는 소유물에 가까웠다. 경제적 가치로 따지면 소나 말보다도 못하였다. 당시 노비는 무명 150필 정도에 거래되었던 반면 말한 마리의 가격은 무명 400~500필이었으니. 말 한 마리 살 돈이면 노비 세 명을 살 수 있다는 말이 된다. 그런 노비를 절대군주가 사람대접 하면서 함께 국사를 논했다는 것 자체가 혁신적인 사고라 아니할 수 없다.

게다가 장영실의 아버지 장성휘는 고려 때 정3품 전서로서 정몽주의 최측근이었다. 정몽주가 누구인가. 그는 조선의 개국을 인정하지 않고 태조 이성계에게 맞섰던 인물이다. 즉 세종의 입장에서는 한마디로 역적의 아들이라는 말이다.

장영실을 세종에게 천거한 사람은 당시 공조참판이었던 이천이었다. 이천의 천거를 받아 장영실을 만난 세종은 장인으로서 장영실의 천재적 재능을 확인한다. 당시 자나 깨나 천문학 연구에 골몰하고 있던 세종은, 순간 장영실을 통해 천문학의 길을 개척할 수 있을 것이라고 느꼈던 것이다.

세종은 장영실의 출신과 신분을 알고 있었지만 개의치 않았다. 장영실의 과거가 아니라 장영실을 통한 조선의 미래를 본 것이다. 오로지 장영실의 실력과 재능을 본 것이다. 장영실의 능력만을 생각한 것이다. 얼마나 혁신적이고 실용적인 사고인가.

세종이 장영실에게 면천과 함께 정5품 상의원별좌라는 직책을 부여하고자 했을 때, 승정원은 물론 이조에서도 반대가 막심했다. 그들은 법과 규정을, 전례를, 사회기강을 언급했다. 그러나 누구보다 법과 규정에 엄격했던 세종도 이번 경우만은 달랐다. 백성과 나라의 미래를 위해 때로는 법과 규정도 초월해야 된다고 판단한 것이다. 당시로서는 생각하기 힘든 매우 파격적인 사고였다.

당시까지 관노로서 정5품에 기용된 사례는 없었다. 또한 나라에 큰 공을 세우지 않고는 면천 자체가 불가능했다. 재주가 있다는 잠재력만으로 면천과 고위관료 임명은 가히 세종이기에 가능했던 조치였다.

사실 정5품은 상당히 높은 벼슬이다. 조선시대에는 정1품부터 종9품까지 총 18등급인데, 정5품은 현재의 공무원직급과 비교하자면 4급 서기관 내지는 3급 부이사관에 해당한다고 볼 수 있다. 게다가 세종은 장영실이 자격루(물시계)나 앙부일구(해시계) 등을 개발할 때마다 특별 승진을 시켰다. 장영실은 고속승진을 거듭하였고, 임용된 지 15여 년 만에 정3품(상호조)까지 승진한다. 정3품은 당상관에 해당한다. 당상관은 조선시대 고위관료를 일컫는 말로, 요즘 직급으로는 1급(관리관) 공무원, 차관보(실장)에 해당한다. 당시 도승지(비서실장)의 직급이 정3품이었다.

세종이 장영실에게 파격적인 대우를 한 것은 아마도 목표 당성을 위한 간절함 때문이었을 것이다. 반복되는 가뭄과 홍수로부터 백성들을 구하기 위해서는 천문학 연구가 그만큼 절실했기 때문이다.

목표 달성을 위해서는 법도 규정도 초월할 수 있다는 세종의 의지는 얼마나 혁신적이며 개혁적인 사고인가.

훗날 장영실이 설계하고 제작한 어가(왕의 수레)가 부서지는 사고가 발생했을 때도 세종은 관용을 베푼다. 조선시대에는 어가에 안전사고가 발생했다면 목이 열 개라도 살아남을 수 없는 대역죄에 해당한다. 그러나 세종은 장영실의 그간의 업적을 고려하여 곤장 80대의 장형에 처한다. 이 또한 형식에 얽매이지 않는 지도자의 판단이 아닐 수 없다.

정조의 실사구시(實事求是)

정조는 조선 후기의 대표적인 개혁 군주이다. 많은 사학자들이 조선 27명의 임금 중 신하보다 학문적 식견이 높은 임금으로 세종과 정조를 꼽고 있다. 개혁군주로서 정조는 조선시대의 금기사항이었던 서얼의 관직등용을 과감하게 실시한다. 태종 때 왕자의 난을 겪으면서 제정된 서얼금고법은 역대 임금들이 엄격하게 지켜왔던 터라 당시로서는 엄두도 못 낼 일이었다.

서얼이 무엇인가. 양반인 아버지와 정실이 아닌 첩 사이에서 낳은 아들이 아닌가. 서자는 양반과 양민 여성 사이의 아들이고, 얼자는 양반과 천민 여성 사이의 아들이다. 정조는 서얼이라고 하여 벼슬길에 오르지 못한다는 사실이 정당한 일도 합리적인 일도 아니라고 판단했다. 그리하여 사회기강 운운하며 기득권을 보호하려는 노론벽파의 엄청난 반대에도 불구하고 자신의 뜻을 관철시킨 것이다.

이때 서얼 출신으로 규장각의 검서관으로 채용된 인물이 이덕무, 박제가. 유득공, 서이수 등이다. 이들은 정조의 소신 있는 판단으로 관직에 등용되어 많은 업적을 남겼다. 조선 후기 실학을 대표하는 인물인 그들이 정조를 만나지 못했다면 어찌되었을까. 정조의 파격적인 결정이 조선 후기 많은 실학자들을 배출하는 계기를 만들어준 것이다.

실학에 관심이 많았던 정조는 서양 문물을 접하는 데 있어서도 편견 없이 다가갔다. 천주교, 기독교 등 종교에 대해서도 매우 전향적이고 진취적인 입장을 취했다. 또한 축만제(祝萬堤), 만안제(萬安堤) 등 저수지를 조성하여 전수답을 옥토로 바꾸는, 이를테면 농업 현대화 사업뿐 아니라 수원성 축성 시에는 새로운 건축공법을 도입하는 등 실사구시에 입각한 치정으로 많은 업적을 남겼다.

박정희와 KIST

박정희 대통령은 정치적으로는 매우 보수적인 지도자였지만, 실질적인 업무에서는 대단히 개혁적이고 혁신적인 사고를 가진 지도자였다. 그는 업무에 관한 한 형식이나 윤리, 직위 따위에 얽매이지 않았다. 과학기술개발에 관한 일화 또한 그의 이런 면모를 여실히 보여준다.

자본이 없고 부존자원이 부족한 대한민국을 잘사는 나라로 만들기 위해서는, 무엇보다 '과학기술'을 개발해야 한다는 것이 박 대통령의 확고한 철학이었다. 당시 청와대 경제수석비서관이었던 오원철 씨가 한 언론 인터뷰(주간조선 2014.3.30)에서 밝힌 것처럼 박 대통령은 자나 깨나 '과학기술'을 강조하였다.

왜 그리도 기술개발에 집착하며 목말라 했을까. 두말할 필요도 없이 그것은 조국의 경제개발 때문이었다. 그가 선택한 경제개발을 위해서는 첫째도 기술, 둘째도 기술이라는 것을 잘 알고 있었기 때문이다. 아무것도 없는 당시 상황에서 기술 없이는 아무것도 이루어내지 못할 것이기 때문이었다.

그런데 기술이라는 게 뭔가. 사실 기술이란 한마디로 돈이다. 돈을 주고 사거나 돈을 들여 개발해야 한다. 그 돈도 보통의 돈이 아니라 상상을 초월한 액수의 돈이다. 물론 돈이 있다고 다 되는 것도 아니다. 가치 있고 꼭 필요한 기술은 아무리 큰돈을 줘도 살 수가 없기 때문이다.

밥을 먹다가고, 결재를 하다가도, 하다못해 술을 마실 때도 박 대통령은 어떻게 해야 이 난관을 극복할 수 있을까 생각했다. 그러다 문득 그의 뇌리를 스치는 것이 있었다. 바로 재외동포 과학자들이었다. 그 무렵 청와대에서 있었던 재미동포 과학자들과의 면담이 떠올랐던 것이다.

과학기술 발전을 위해 '재외동포 과학자'의 힘을 빌리기로 결심한 박 대통령은, 바로 비서실에 연락하여 재외동포 과학자의 명단을 확보하라고 지시했다.

MIT, 하버드 등 외국에서 활동하고 있는 과학자들의 명단을 확인하면서 박 대통령은 그들 한 명, 한 명에게 일일이 친필서한을 보냈다. 타이핑된 획일적인 편지가 아니라 개개인에게 해당하는 내용을 담은 편지였다. 대한민국의 어려운 현실을 설명하고, 조국 근대화에 동참해 달라고 호소하였다. 거기에는 함보른 광산의 광부들 이야기도 있었고, 삼시세끼조차 해결 못하며 살고 있는 가난한 조국의 아이들에 대한 이야기도 담았다. 한마디로 애국심에 호소한 것이다. 편지를 보낸 다음에는 재외공관 소속 외교관들에게 직접 방문토록 하여 인재 영입 작업에 돌입했다.

박 대통령의 간곡한 편지를 접한 재외동포 과학자들은, 각 나라에서 제시한 더 좋은 조건을 뿌리치고 조국 근대화에 동참하기 위해 귀국길에 올랐다. 조국을 떠난 지 10년, 많게는 20년이 된 그들은 이미 미국에서, 유럽에서, 일본에서 큰 명성을 얻고 있던 세계적인 석학들이었다. 이때 국내로 귀국한 재외동포 과학자가 100여 명에 이른다. 지금은 고인이 되셨지만 노벨화학상 후보에도 오른 대한민국의 대표적인 과학자 이태규 박사를 비롯하여, 물리학과 원자력 분야의 대가이며 초대 한국과학원장을 역임한 조순탁 박사, 전기와 전자 분야의 권위자인 정근모 박사, 생명공학의 권위자인 류두영 박사 등이 대표적인 인물이다. 이들은 연구기관에서, 대학에서 조국 근대화에 큰 역할을 한다.

당시 국내로 영입된 재외 과학자들이 주축이 되어, 우리나라 최초의 과학기술 분야 국책연구기관인 한국과학기술연구소(KIST,

Korea Inst. of Science&Technology)와 과학기술 인재양성기관인 한국과학원이 설립되었다. 한국과학기술사에서 빼놓을 수 없는 이들 두 기관은, 박 대통령의 특별한 관심과 지원을 바탕으로 오늘의 대한민국 기술 입국의 산파역을 하게 된다.

한 지도자가 맨땅에 헤딩을 했고, 비록 맨땅에 한 헤딩지만 공은 골대 안으로 빨려 들어갔던 것이다. 혁신적인 마인드가 무엇인지를 잘 보여준 예라 하겠다.

case 1 **조석원 옹**

처음 시장에 취임한 나는 넘치는 의욕으로 무엇인가 해내고 싶어 이곳저곳을 들쑤시고 다녔다. 그런데 막상 무언가를 하고자 하면 일단 공무원들은 '안 된다'는 말을 먼저 했다. 갖은 규정들이 나를 옭아매는 것 같았다. 답답하기 이를 데 없었다.

물론 그게 다 공무원 잘못은 아니다. 감사가 문제였다. 4년마다 감사원 정기 감사를 받아야 하고, 도청 감사도 수시로 받아야 한다. 직원들은 시청 자체 감사도 받아야 한다. 이 '감사'라는 게 공무원들을 경직시킨다. 아홉 가지 잘해도 한 가지 잘못하면 징계를 받기 때문이다.

특히 정책 감사가 문제다. 말은 좋다. 예방적 차원에서 정책 감사를 한다고 하는데, 이 정책이란 게 성공할 수도 있지만 실패할 수도 있는 것이다. 그런데 결과만 놓고 정책이 잘못되었다고 문책하면 공무원들이 어떻게 마음 놓고 일할 수가 있겠는가.

나는 기회가 있을 때마다 틀에 박힌 고정관념을 깨자고 말했다.

생각을 바꾸어야 한다고 부르짖었다. 판단이 서지 않으면 현장으로 달려가자고 강조했다. 혁신적 사고란 거창한 게 아니라, 시민들 삶의 현장 하나하나의 목소리에 귀 기울이고, 그것을 해결하고자 하는 노력 속에서 시작되는 것이기 때문이다.

2006년 7월초, 내가 시장 취임한 지 며칠 되지 않았을 때의 일이다. 문경읍에 사는 조석원 옹께서 사무실에 찾아왔다.

"시장님, 저는 문경새재 입구에서 70 평생을 농사짓고 살아왔습니다. 그런데 너무 억울합니다. 10년 전 상초리에 살다가 KBS 왕건 드라마 세트장(지금은 〈대왕 세종〉 세트장이 들어서 있다)이 들어서면서 강제 철거 되었지요. 그때 저는 아무 불평도 않고 협조했습니다. 그때 시청에서 지금 제가 사는 하초리 부지로 이사하라고 해서 그렇게 했는데, 이곳으로 이사 온 지 10년 만에 이번에는 주차장 부지 조성한다고 또 이사 가라고 합니다. 이게 말이 됩니까? 저하고 무슨 원수진 일 있습니까. 왜 저보고 이래라저래라 하는 겁니까. 제가 뭘 그렇게 잘못했다고 그러시는 겁니까. 힘없는 사람이라고 이렇게 해도 되는 겁니까? 저는 이제 더 이상 이사 못 갑니다."

그날 조옹께서는 그동안 응어리지고 불편했던 심기를 여과 없이 쏟아내셨다. 나는 묵묵히 조옹의 얘기를 들을 수밖에 없었다. 조옹께서 하시는 얘기가 틀린 말이 아니라고 공감도 했다. 담당 공무원을 불러 조옹의 억울한 사정을 알고 있느냐고 물었다.

"그 이야기는 다 알고 있습니다. 하지만 이미 다 끝난 문제입니다. 벌써 주택 보상비가 조옹 통장에 입금되었고, 이미 수용 절차도 다 끝난 상태입니다. 그 집은 이제 조옹의 집이 아니고 우리 시청 것입니다. 방법이 없습니다."

담당 공무원 얘기를 들어보니 그것도 이해가 되었다. 문경새재의 주차장이 부족하여 제2주차장을 조성하게 되었고, 거기에 조옹의 집이 포함되었다. 조옹께서는 처음부터 반대했지만 강제 수용절차에 따라 강제 수용 조치된 것이다. 택지보상비까지 이미 지급이 완료되었으니, 이미 법률적으로는 수용절차가 다 끝났고, 현장 강제집행만 남았다고 했다.

그날 나는 조옹께 본의 아니게 죄송하게 되었다는 사과 말씀과 함께 근처에 적당한 부지를 물색해보라고 말씀드렸다. 며칠 뒤 조옹께서 자제분들과 함께 또 찾아오셨다.

"시장님, 제가 앞으로 살면 얼마나 더 살겠습니까. 제발 제가 그곳에서 그냥 살 수 있도록 선처해주십시오."

조옹께서는 지난번 방문 때와는 달리 이번에는 흥분하지 않고 조용하고 차분하게 말씀하셨다. 말씀하시는 모습이 애절하기까지 했다. 다시 담당 과장과 계장, 직원을 불러서 대책을 물었다.

"사정은 딱하지만 방법이 없습니다. 그리고 이 사정 저 사정 다 봐주면 아무 일도 못합니다."

할 수 없이 그날 오후 나는 담당 직원과 현장으로 나갔다. 우선 주변 상황을 점검했다. 다행히 조옹의 집은 제2주차장의 가운데가 아니고 입구 한쪽 모퉁이 부분이었다. 제2주차장은 늘 복잡한 게 아니고 관광 철에만 붐빈다. 현장을 확인해보니 해법이 떠올랐다.

"이 집을 철거하지 말고, 우리 시에서 거꾸로 조옹께 임대료를 받고 임대해드리면 어떻겠소."

조옹 집만 빼고 나머지 지역만으로 주차장 공사를 하자고 했다. 조옹 집은 손대지 말자는 것이다. 일종의 공사 계획 변경이다. 처음에 직원들은 난색을 표했다. 철거해야 할 건물을 그대로 둔다는 게 신경 쓰인다는 얘기였다. 쉽게 얘기해서 감사를 걱정하는 것이었다.

나는 걱정 말라고 했다. 모든 것을 기록으로 남겨서 불가피했던 상황을 적어 내부결재를 받으라고 지시했다. '임대계약서'를 체결하면 그것으로 감사 대비가 된다는 얘기도 했다. 내가 워낙 적극적으로 나서자, 직원들도 수긍하고 곧바로 임대계약을 체결했다. 임대료도 관계 규정이 허용하는 범위 내에서 최저가로 책정했다. 조옹께서는 몇 번이고 고맙다 말씀하시며 눈물 지으셨다.

case 2 농암 궁기천

'하천부지에는 건축 허가가 안 난다'는 고정관념을 깨고, 나는 농암면(籠岩面)의 50년 숙원사업을 해결하였다. 농암면 궁기천변 42가구 무허가 건물을 양성화시킨 것이다.

2007년 1월초, 농암면사무소 초도순시 때의 일이다. 농암면 이장, 기관단체와의 간담회 자리에서 누군가 농암면 궁기천변 42가구 무허가 건물에 대한 양성화를 건의하였다. 처음 듣는 얘기였다. 시청에 들어와서 건축과장과 담당 계장에게 건의 내용에 대해 물었다.

"안 됩니다. 거기는 하천부지입니다."

"하천부지에 건축 허가를 내줄 수는 없습니다."

나도 더 이상 할 얘기가 없었다. 하천부지에 건축 허가를 내줄 수 없다는 것은 너무 당연하다고 생각했다. 그런데 며칠 뒤 농암면에 거주하는 S씨가 다시 전화를 했다.

"시장님 초도순시 때 건의한 궁기천 42가구 건은 어떻게 되었습니까?"

사실 나는 그때 그 일을 완전히 잊고 있었다. 전화를 받고 곧바로 현장으로 달려갔다. 그런데 막상 현장에 도착하니 내 눈을 의심할 만한 광경이 눈앞에 펼쳐져 있었다. 하천부지라고 하여 하천변이나 고수부지로 생각했는데, 현장은 전혀 달랐다. 내가 생각했던 하천변이 아니었다. 고수부지도 아니었다.

지목 상 하천부지일지 몰라도 외형은 전형적인 택지지역이었다. 궁기천의 제방도 튼튼해 보였다. 50년간 궁기천이 범람한 일은 단 한 번도 없다고 했다. 보통의 주거지역과 똑같이 앞마당도 있고 도로도 있었다. 그런데 지목 상 하천부지란 이유로 그곳 42가구는 불법 건축물 취급을 당하며 살아야 했다. 화장실이 고장나도 알아서 고쳐야 했고, 부엌이 무너져도 알아서 고쳐야 했다. 적법한 증개축은 불가했다. 40년, 50년을 그곳에서 살아왔지만 내 집이라고 재산권 행사도 할 수 없었다. 언제 시청에서 나와 철거할지 몰라 전전긍긍하며 살아야 했다.

수십 년 전부터 양성화를 부르짖고 국회의원 선거 때, 지방선거 때, 면장이 새로 부임할 때마다 애로사항을 얘기했지만 우이독경이었다고 했다. 선거 때마다 후보들에게 도움을 청했지만 선거가 끝나고 나면 그냥 끝이란다. 하천부지라 어쩔 수 없다는 변명이었다. 한 번 속고, 두 번 속고, 또 속다 보니 이제는 체념한 상태라고 했다. 초도순시 때도 나에게 얘기는 했지만, 솔직히 성사되리라고는 생각지 못했을 것이다.

"무엇이 잘못되어도 한참 잘못되었구나. 40년, 50년을 살아왔는데 지목 상 하천부지라고 무허가 건물 취급당하고, 이렇게 앞으로 계속 살아야 한다는 말인가."

혼잣말에 한숨이 섞여 나왔다. 나 스스로 시장이라는 게 부끄럽게 느껴졌다. 언제나 직원들에게 혁신적 사고를 가져야 한다고 했으면서, 나 자신조차도 입으로만 떠들었다는 생각에 스스로가 부끄러워졌다. 40년, 50년 지속되어왔던 문제가 아무런 조치도 없이 오늘까지 이어져온 것이다. 나는 사무실로 돌아와 다시 건축과장과 건축 담당자를 불렀다.

"농암 궁기천 42가구 어떻게 할 생각이오?"

"하천부지라…."

똑같은 대답이다. 순간 울화가 치밀어 올랐지만 이번에는 그런 말로 넘어갈 수 없었다. 나도 작심하고 물었다.

"당신들 규정 좋아하는데, 어디 한 번 물어봅시다. 궁기천 42가구 무허가 건물이지요?"

"예."

"그럼 무허가 건물인 줄 알면서 그냥 방치해도 되는 것이오? 무허가 건물을 그냥 방치하는 것은 직무유기가 아니오."

나는 직무유기라는 과격한 표현까지 썼다. 잠시 침묵이 흘렀다.

"자, 이제 선택하시오. 무허가 건물이니 철거 명령을 내리든지, 아니면 양성화하든지. 길은 두 가지뿐이오."

다른 변명이라든가 퇴로를 차단하기 위한 발언이었다. 일종의 최후통첩이었다. '두 가지 중 하나'일 뿐, 다른 얘기는 용납하지 않겠다는 뜻이다. 잠시 침묵의 시간이 흘렀다. 분위기가 매우 무거웠다. 건축과장, 계장 모두 고개를 들지 못했다. 얼마 후 건축계장이 고개를 들었다.

"철거는 못하지요."

하천부지라서 안 된다고 할 때의 당당하던 목소리는 온데간데 없었다. 그렇다. 철거를 못한다면 허가를 내어주어야 한다. 내가 원하는 답이기도 했다. 나는 건축과장에게 지시했다.

"건축과장, 42가구 허가 조치하세요. 그리고 하천부지는 홍수방지가 문제일 테니 추경 예산을 반영해서라도 완벽하게 옹벽을

쳐서 홍수를 방지하겠소."

42가구의 양성화에 대한 후속 행정조치가 신속하게 이루어졌다. 42가구 주민은 물론 농암면 주민까지 박수를 치며 좋아하였다. 50여 년의 해묵은 숙제가 해결되는 순간이었다. 하지만 나는 그날 궁기천 문제가 해결되어 속 시원한 것이 아니라, 오히려 마음이 더 무거웠다. 어쩌면 이번 일은 그저 빙산의 일각일 뿐일 것이란 생각이 들어서였다. 궁기천 문제는 내가 알았으니 대안이 나왔지만, 내가 모르고 그냥 지나가는 것은 얼마나 많을까. 혹은 알고도 그냥 지나칠 수밖에 없는 것은 또 얼마나 많을까. 어깨가 더욱 무거워졌다.

궁기천 문제는 건축 허가를 내는 것으로는 끝나지 않았다. 하천 부지를 양성화하고 불하 결정을 하면 되는 줄 알았는데, 토지에 대한 감정가 문제가 불거져 나왔다. 42가구에 대한 토지의 가감정(假鑑定)을 의뢰하였더니 평당 35만원이었다. 예상외의 높은 가격이었다. 평당 35만원이면 20평만 해도 7천만 원이다. 시골에서는 큰돈이다. 무허가 건물로 있을 때는 돈 걱정은 안 해도 되었는데, 오히려 긁어 부스럼을 만든 꼴이 되었다. 며칠 뒤 가감정한 평가사 사무실(대구)로 직접 찾아갔다.

"가감정가가 너무 높습니다."

"농암장터 주변 지역 택지 가격이 평균 50만원입니다. 낮추어서 감정한 것이 35만원입니다."

면 소재지 지역이니 시골이지만 택지가가 그 정도 된다는 것이다. 그런데 아무리 생각해도 평당 35만원은 너무 높은 것 같았다. 며칠 뒤 감정사를 다시 찾아갔다. 그리고 그분들에게 궁기천변의 하천부지는 얼마나 하는지를 물었다.

"하천부지는 값이 거의 없지요."

그렇다면 어제까지 하천부지인 땅이 오늘 택지로 바뀌었다고 100% 택지가로 감정하는 것은 지나치지 않느냐고 되물었다. 감정사 분들이 내가 얘기하는 말뜻을 금방 이해하였다. 잠시 침묵이 흘렀다. 그분들끼리 몇 마디 나누더니 고민해보겠다고 하였다. 결국 최종 감정가격은 하천부지와 택지의 중간 값인 평당 20만 원 선으로 결정되었다.

현장이 답이다

프랑스의 작가 아나톨은 말한다.
"성취하려면 행동뿐 아니라 꿈을 꾸어야 하며,
계획을 세울 뿐만 아니라 그것을 믿어야 한다."
세상의 어떤 표현도
직접 경험하는 것만큼 강렬하지 못하며,
세상의 어떤 행동도
머리를 거치지 않고 나오지 않는다.

세종과 정조의 민생사랑

민생이란 글자 그대로 백성들의 삶의 현장이다, 예나 지금이나 현장은 아무리 잘 설명해도 직접 확인하고 본 것만큼 정확하지 않다. 그것이 현장의 속성이다. 무슨 일이든 현장을 직접 보아야 하는 이유가 여기에 있다.

조선시대 현장을 가장 중요시한 왕은 누구였을까. 민생에 가장 충실했던 왕은 누구였을까. 『조선왕조실록』에는 '민생'이란 단어가 총 461회 등장한다. 성종실록이 72회로 가장 많고, 다음이 태종실록(43회), 세종실록(36회), 정조실록(20회) 순이다.

그러나 실제 민생을 가장 걱정했던 왕은 역시 세종과 정조였던 것 같다. 세종은 늘 민생 문제를 최우선으로 삼았다. 가뭄이 들거나 홍수로 인해 기근이 들어 백성들이 고통 받을 때면 백성의 고통을 함께하고자 했다. 세종 6년, 전국이 심한 가뭄으로 기근이 생겨 초근목피로 연명하는 백성이 생기자, 세종은 강녕전을 버리고 경회루 옆에 초가를 짓고 거처했다고 한다. 백성들의 고통을 함께하겠다는 지도자의 마음이다. 천문학에 관심을 갖고, 장영실과 함께 측우기며 해시계·물시계에 매달린 것도 민생 때문이요, 훈민정음 창제도 민생 때문이다.

세종 12년에는 민심을 파악하기 위하여 세법과 관련한 주민 여론조사를 실시했다는 기록도 있다. 정액세로 할 것인지 변동세로 할 것인지 백성들의 의견을 물은 것이다. 정액세제는 정해진 평균 수확량의 10분의 1을 세금으로 내는 것이고, 변동세제는 작황에 따라 차등 부과하는 방식이다. 전국 17만 명을 대상으로 한 이 여론조사에서 정액세제 찬성이 9만8천 명, 반대가 7만4천 명으로 집계되어 이를 토대로 세법은 정액세제로 확정되었다. 이 여론조사에 무려 6개월이 소요되었다고 한다. 동서양을 통틀어 최초의 여론조사가 아니었을까 싶다.

정조도 민생을 최우선으로 여겼다. 정조실록에는 정조의 24년 재임 중 무려 100여 차례의 궁 밖 출입이 기록되어 있는데, 상당 부분이 민생 시찰을 위한 것이었다. 당시 민생 시찰은 우리가 TV 드라마에서 보는 것과는 많이 다르다. 시전 상가 주변과 성균관 인근 반촌을 주로 방문했는데, 경호 문제로 직접 백성들과 마주치지는 않고, 현장에서 관리들이 면담을 대신했다고 한다.

정조는 또한 암행어사를 활용하기도 했는데, 재임 중 총 60회로 암행어사를 파견한 횟수도 역대 임금 중 정조가 제일 많다. 정조는 암행어사의 보고 내용을 꼼꼼히 확인하고 개선 방안을 강구하였다. 직접 처리한 민원도 24년 재임 중 5천여 건이나 된다. 평균 이틀에 한 건 이상은 처리한 셈이다.

세종의 경우, 직접 민생 시찰을 한 횟수는 많지 않다. 당시의 상황 때문이었으리라. 경호 문제와 재정적 문제가 걸림돌이 되었을 것이다. 세종은 대부분 승정원을 통해 민생 문제를 보고받고 하달하였다고 한다. 세종은 역대 임금 중 민생을 가장 정확하게 파악하고 진단한 군왕이었다. 워낙 철저하고 치밀한 성격인 데다 24시간 민생을 챙기고 또 챙겼기 때문이다.

세종과 정조는 시대는 달랐지만, 모두 민생에 정치의 방점을 찍었다. 그만큼 두 지도자는 탁상공론이 아니라 백성의 삶의 현장을 중요시했던 것이다.

case 1 무운터널

　요즘은 시장이나 군수도 시민들에게 환영받으려면 돈을 많이 벌어 와야 한다. 소위 예산 확보를 잘 받아야 한다는 말이다. 시군별로 차이가 있지만, 문경시의 경우 재정 자립도가 20% 남짓밖에 되지 않는다. 뒤집어 말하면 80%는 중앙에서 벌어 와야 한다는 뜻이다.

　2006년 문경시장으로 출마했을 때 내 공약 중 하나가 무운터널이었다. 무운터널은 꼭 필요한 사업이긴 했지만 예산 확보가 문제였다. 자그마치 소요사업비가 1천억 원 가까이 되기 때문이다.

　나는 시장 취임 후 먼저 무운터널 T/F팀을 만들었다. 팀장은 건설과 도로 담당 K씨였다. 그는 기술직 공무원으로 매사에 매우 적극적이었는데, 업무의 적극성이 그를 발탁한 이유였다. 나는 K팀장에게 무운터널을 책임지고 추진하라고 부탁했다.

　"무운터널을 국비로 진행하자면 우선 국가장기계획(국가장기계획을 토대로 매년 두세 개 지역에 국비 지원이 가능하다)에 포함되어야 하는데, 건설

교통부(지금의 국토교통부) 쪽에서는 교통량의 경제적 타당성이 없다는 견해입니다."

건교부를 다녀온 K팀장의 보고였다. 손톱도 들어가지 않는다고 했다. B/C ratio(비용·효과 편익분석)가 턱없이 낮다는 것이다. 한마디로 경제성이 없다는 뜻이다. 건교부의 입장은 '절대 불가'라고 했다.

며칠 뒤, 나는 K팀장과 함께 건교부를 직접 방문했다. 그리고 현재의 교통량으로 사업의 타당성을 따지는 것은 사리에 맞지 않다고 강변했다. 현재의 교통량만을 기준으로 삼으면 오지나 벽지는 영원히 개발될 수 없는 게 아니냐며 따졌다. 미래의 잠재 교통량도 고려해야 한다고 피력하면서, 주변에 STX 리조트도 있고 앞으로 교통량 수요가 계속 증가할 것이라고 설명했다. 하지만 그들은 무조건 안 된다고만 했다. 아예 설명 자체를 들으려고 하지도 않았다.

"K팀장, 방법이 없다. 무조건 안 된다니 우리도 무조건 몸으로 부딪치자. 장기계획에 반영될 때까지 팀장은 과천에 남아 건교부로 출근을 하시게."

떼라도 써보자는 계획이었다. 이때부터 K팀장은 그날 문경으로 내려오지 않고 아예 과천에 머물면서 매일 건교부 담당과로 출근을 했다. 매일 담당 사무관과 과장을 만나 출근 인사를 건네고, 출근 인사만 한 것이 아니라 아예 담당과 근처에서 진(陣)을 치고 앉았다. 아무 볼 일도 없이 근처를 왔다 갔다 했고, 퇴근 무렵에는 퇴근 인사까지 했다.

K팀장은 중간 중간 내게 전화를 해 과천에서의 일을 보고했다. 그런데 매번 인사를 해도 알은 체도 안 하고, 인사도 안 받는다고 했다. 아무 반응이 없으니 답답하다고 했다. 그렇게 일주일 정도가 지나자, K팀장은 도저히 안 될 것 같다며 철수 얘기까지 끄집어냈다. 나는 끝까지 버티라고 했다. 나는 K팀장에게 무운터널이 안 되면 과천 귀신이 되라고까지 했다. 말은 그렇게 했지만, 솔직히 마냥 버틸 수는 없다고 생각했다. 그런데 지긋지긋했던지 2주일째 되던 날 건교부의 담당과장이 K팀장을 불렀다.

"우리가 졌소. 2012년 이후의 장기계획에 포함시켜주겠소. 그러나 장기계획에 반영되어도 예산확보는 우리가 책임 못 집니다. 예산 확보는 당신네들이 알아서 하세요."

눈싸움에서 우리가 이긴 것이다. K팀장의 끈질긴 노력으로 무운터널이 2012년 이후 국가장기계획에 포함되었다. 1차 관문은 통과된 셈이다. 하지만 국가장기계획에 포함되었다고 해서 다 예산을 주는 것은 아니다. 말 그대로 장기계획은 장기계획일 뿐이니까 말이다.

예산 확보는 또 다른 문제였다. 이제 무운터널 예산 확보 작전에 들어갔다. 우선 상주·문경의 지역 국회의원을 찾아가 협조를 구했다. 기획예산처와 국회도 방문했다. 사업의 시급성을 설명하며 아는 인맥을 총동원했다. 그런데 모두들 장기계획대로 2012년 이후에 보자는 것이었다.

무운터널 예산 확보 전쟁은 1년 가까이 아무런 진전 없이 답보 상태였다. K팀장은 그로기 일보 직전까지 왔다. 그런데 기회가 왔다. 2008년 12월 정기국회 예결위원회의 계수조정 소위원으로 평소 잘 알고 지내던 L국회의원이 임명되었는데, 그때 '쪽지예산' 생각이 난 것이다.

정기국회 예산결산 소위원회에서는 지역별 숙원사업이 반영되는데, 예결위 소위원들에게 쪽지를 통해 필요한 사업이 전달된다고 하여 소위 '쪽지예산'이라고 불린다. 당장 L의원에게 연락을 했지만 전화기가 꺼져 있었다. 사실 계수조정 소위원으로 임명되는 순간 엄청나게 바빠진다는 걸 잘 알기에, 불가피하게 L의원의 보좌관을 만났다. 보좌관에게 그간의 사정을 설명하고 도움을 요청하였다. 구구절절 절박했던 사정과 건교부와 힘겨루기 이야기도 했다. 무조건 보좌관에게 매달렸다. 그런 나의 모습이 측은해 보였던지, 보좌관이 한 번 나서보겠다고 했다. 그렇게 무운터널 설계비에 대한 '쪽지'는 보좌관을 통해 L의원에게 전달되었다.

 당시 쪽지는 전달했지만, 솔직히 성사되리라는 확신은 없었다. 그런데 그게 아니었다. 1년 가까이 동네방네 돌아다니며 애걸복걸해도 안 되던 것이 쪽지 한방으로 해결된 것이다. 그때 말로만 듣던 쪽지예산의 위력을 알았다. 예산신청도 안 하고, 상임위원회에서 심의도 안 했는데, 1년 동안 골머리 썩던 문제가 해결된 것이다. 요술방망이 같았다. 그렇게 무운터널 설계비 30억 원이 국비 예산에 반영되었고, 2년간의 설계를 거친 후 2011년 공사가 착공되어 얼마 전 준공되었다. 일종의 찰거머리 작전이 성공한 셈이다.

case 2 STX 리조트 유치

2007년 9월경, STX의 박동배 상무가 시장실로 찾아왔다. 농암면 쌍용계곡에 STX 연수원 겸 리조트를 건설하고 싶다고 했다. 나는 무척이나 반가웠다. 문경에 관광산업을 발전시키기 위해서는 숙박시설이나 리조트가 필수적이기 때문이다. 그렇지 않아도 관광사업 프로젝트 T/F팀을 구성하여 운영 중이었던 나는, 씨앗도 안 뿌렸는데 담 너머에서 호박이 넝쿨 채 굴러들어온 것 같은 마음마저 들었다.

"감사합니다. 꼭 리조트를 건설해주십시오. 인 · 허가는 제가 책임지겠습니다."

나는 그때 박 상무의 손을 꼭 잡고 함께 꿈을 이루자며 도원결의라도 맺자고 했다. 생전 처음이었는데도 박 상무는 왠지 처음 만난 사람 같지 않았다. 박 상무도 나와 같은 마음이었는지 바로 좋다고 응수했다. 그날 이후 우리는 사적인 자리에서는 "형님", "아우님" 하며 친형제마냥 지내고 있다.

박 상무는 이번 리조트 사업에 인생을 걸었다고 했다. 만약 문경 리조트 사업이 잘못되면 박 상무는 회사를 그만두어야 한다고 했다. 땅은 매입했는데, 나중에 인·허가가 안 나면 박 상무가 책임질 수밖에 없다는 것이다. 리조트 건설이라는 게 토지 매입에서부터 인·허가까지 공이 많이 들어가는 데다 무산될 경우 리스크가 매우 크다. 박 상무 입장에서는 살얼음판을 걷는 것과 다름없었다.

나중에 안 사실이지만, 그때 STX에서는 리조트 건설 후보지로 농암면 쌍용계곡 외에도 전북의 M군, 경북의 S시 등 여러 곳을 복합적으로 검토하고 있었다. 시장인 내가 책임지겠다고 나서자 문경 쪽으로 기울어졌던 거다.

그날 이후 박 상무와 수시로 연락을 주고받으며 부지 매입과 인·허가에 대해 논의했다. 그런데 1개월쯤 지났을 무렵 박 상무가 찾아왔다.

"형님, 땅 문제가 도저히 해결되지 않아서 문경사업 포기해야겠습니다. 그동안 감사했습니다."

작별 인사를 위해 들렀다는 것이다. 나는 박 상무의 손을 잡았다.

"벌써 도원결의를 잊었소? 내가 나서보겠소."

나와 박 상무는 함께 땅 소유주를 만나 간청을 드렸다. 첫 번째 만남에서는 실패했지만 재차 방문했을 때는 성사되었다. 인·허가 과정은 약속한 대로 내가 앞장섰다. 산림과장, 투자유치과장, 정책기획단장, 건설과장, 농정과장을 시장실로 불러 직접 부탁했다.

"우리 문경을 위한 일이기도 합니다. 관광 사업에 큰 도움이 될 것이니, 소관별로 조속히 처리해주십시오."

결국 경북도청의 승인까지 21일이 걸렸다. 서류가 돈 것이 아니라, 사람이 돌았다. 일일이 한 단계 한 단계를 직접 찾아다니며 결재 도장을 받은 것이다. 경북도청 승인 때는 내가 직접 가서 도지사 면담까지 하였다. 후에 STX의 강덕수 회장에게 인·허가를 빨리 내주어서 고맙다는 전화인사까지 받았다.

객실 수 200개, 총사업비 1천억 원의 STX 고급 리조트는 지금 농암면의 쌍용계곡에 건설되어 운영 중이다.

case 3 대성계전 유치

2006년 7월, 시장 취임 후 평소 친분이 있는 대성그룹 김영대 회장을 찾아 인사를 드렸다.

"회장님, 제가 시장이 되었으니 문경에 선물 하나 주십시오. 대성그룹과 문경은 남이 아니지 않습니까. 50년 전 대성연탄 때부터 문경과 인연을 맺지 않았습니까."

대성그룹은 대성연탄으로 출발한 기업이며, 대성연탄의 주 채탄장이 바로 문경이었다. 나는 인연이라는 말까지 들먹이면서 옛날 얘기를 끄집어냈다. 선대 회장님께서 대성연탄 시절 문경을 많이 사랑하셨다며, 대성그룹의 창업주인 김수근 회장님 이야기도 했다.

말은 부드러웠지만 내용은 일종의 협박이었다. 오늘의 대성그룹의 뿌리가 대성연탄이고, 대성연탄이 이래저래 문경의 신세를 졌으니 그룹 차원에서 좀 도와달라는 말이었다. 그날 김 회장은 즉답을 피하며 두고 보자고만 했다. 그런데 6개월이 지나도록 아무런 답이 없었다. 마음 같아서는 "문경에 주신다는 선물은 어찌 되었습니까?"라며 빚쟁이처럼 따지고 싶었지만, 그럴 수는 없는 노릇이었다. 그렇다고 마냥 기다릴 수도 없었다.

그래서 내가 택한 방법은 회장님을 간접적으로 압박하는 것이 었다. 이를테면 그날부터 진드기처럼 굴었다. 그래서 서울 출장 때마다 틈만 나면 종로에 있는 대성그룹 본사를 들렀다. 회장님 이 있으면 종합청사에 왔다가 들렀다고 하였다. 회장님이 없을 때는 비서실에 명함만 두고 왔다. 시도 때도 없이 들르니, 나중에 는 비서실에서조차 난감해 했다.

"시장님, 조금만 더 기다려 주십시오. 회장님도 스트레스 많이 받고 있습니다."

A비서는 제발 좀 느긋하게 기다려 달라고 거꾸로 나에게 부탁 까지 했다. 아마 2년 동안 열 번 이상 들렀던 것 같다. 그렇게 2 년의 세월이 지났을 무렵 김영대 회장의 전화를 받았다.

"시장님, 늦어서 죄송합니다. Y시에 있는 대성계전을 문경으로 옮기겠습니다."

가스미터기 전문 제조업체인 대성계전이 문경이 들어오게 된 배경이다. 한마디로 끈기의 승리였다. 한 번에 안 되면 두 번, 두 번에 안 되면 세 번, 세 번에 안 되면 네 번⋯ 그렇게 끊임없이 정성을 쏟은 결과였다. 현재 호계면 견탄리 체육부대 옆으로 이전한 대성계전은 문경의 복덩어리가 되었다.

case 4 글로벌 선진학교

2007년 3월경, 충북 음성의 글로벌 선진학교가 제2캠퍼스 부지를 물색하고 있다는 정보가 들어왔다. 글로벌 선진학교는 글로벌 인재 양성을 위해 설립된 중학교와 고등학교 과정의 특수목적 학교이다. 곧바로 음성에 있는 남진석 이사장을 찾아갔다.

"제가 좋은 대안 부지를 책임지고 소개해드리겠습니다. 체육부대 유치 때처럼, 제가 성심을 다하겠습니다."

남진석 이사장은 체육부대 유치 이야기는 들어서 잘 알고 있다며, 그래서 문경에 관심이 많다고 하셨다. 그런데 성사되지 못하였다. 내가 추천한 학교 측과 글로벌 학교 간의 견해차가 컸던 것 같다. 뒤늦게 잘되지 않았다는 얘기를 전해 듣고 매우 난감해졌다. 무엇보다 이사장을 볼 면목이 없었다. 내가 큰소리치면서 소개해드렸는데, 체육부대 이야기까지 꺼내면서 호언장담했었는데 말이다.

일주일 내내 마음이 편치 않았다. 무엇보다 아쉬웠다. 고민하다가 큰맘 먹고 다시 이사장을 찾아갔다.

"이제 문경 안 갑니다. 돌아가세요."

온화하시고 부드러운 평소 모습이 아니었다. 이사장님께서 그렇게 화내는 모습은 처음이었다. 죄송하다는 사과의 말조차 드리지 못하고 그냥 돌아올 수밖에 없었다.

다른 일들이 손에 잡히지 않았다. 포기할까도 생각했으나, 그럴 수는 없었다. 나의 사전에 포기는 없지 않은가. 일주일 뒤 마음을 가다듬고 다시 이사장을 찾아갔다. 이번에는 비서실에서부터 막혔다. 이사장이 안 계신다는 거다. 한마디로 문전박대를 당한 것이다. 나중에 안 사실이지만, 그때 이사장이 면담을 거절했던 것이다.

또 일주일이 지났다. 여기서 멈출 내가 아니었다. 자존심 같은 건 쓰레기통에 처박아버린 지 오래였고, 염치도 옛날에 다 팔아먹었다. 체육부대 유치 때의 기억도 나고, 재갈공명을 모시기 위한 유비의 삼고초려 생각도 났다. 삼고초려, 사고초려, 오고초려를 해서라도 기필코 글로벌학교를 유치해야겠다고 생각했다. 생각이 여기에 미치니 못할 게 없었다. 다시금 용기가 났다. 다행히 세 번째 찾아갔을 때는 이사장도 반갑게 맞이해주셨다.

"왜 또 오셨습니까."

"죄송합니다. 이번에는 절대 실패할 일 없을 겁니다. 앞으로 제가 곱빼기로 잘하겠습니다."

'곱빼기'라는 말에 악센트를 주었다. 그리고는 미리 준비한 새로운 대안 부지를 제시하였다. 토지감정가도 가급적 낮게 책정하도록 신경을 썼고, 추가 부지 매입 시에도 역할을 다했다. 이렇게 해서 영순면 사근리의 폐교 부지에 글로벌 선진학교 제2캠퍼스를 안착시킬 수 있었다. 포기를 몰랐던 삼고초려(三顧草廬)의 정신이 글로벌 선진학교 유치의 일등공신인 셈이다.

노하우5

자유로운 사고

치열한 경쟁에서 이기기 위해서는
열심히 하는 것만으로는 부족하다.
꾀를 내야 한다.
상상을 초월한 기발한 아이디어를 내야 한다.
아이디어는 그냥 생기는 것이 아니다.
현장에서 고민하고 또 고민하여야
비로소 '번뜩이는' 아이디어를 얻을 수 있다.
똑바로가 안 된다면
때론 뒤집을 줄도 알아야 한다.

정주영 공법

1952년 12월 아이젠하워 미국 대통령의 부산 유엔국립묘지 방문을 앞두고, 미국 대사관 측에서 우리 정부에게 묘지에 파란 잔디를 심어달라는 긴급요청이 들어왔다. 엄동설한에 가당치 않은 제안이었다. 이때 정주영 회장이 번뜩이는 아이디어를 낸다. 바로 그 유명한 '보리 옮겨심기'였다.

한국경제의 산증인이요, 성공한 기업인인 정주영 회장은 사업뿐 아니라 독창적이고 창의적인 아이디어로 많은 일화를 남긴 주인공이기도 하다.

1980년대 초, 현대건설에서는 서산 지역에 대규모 간척사업을 추진하고 있었다. 바다를 메워 대규모 농지를 조성하고자 한 것인데, 서산 앞바다는 조수간만의 차가 너무 커서 마지막 물막이 공사가 문제였다. 마지막 물막이 공사를 위해서는 큰 바윗덩어리를 동원해야 하는데, 공사장 인근에는 바위를 조달할 만한 야산이 없었다. 다른 지역에서 조달하고자 하면 운반비가 만만치 않을 것이었다. 이때 정주영 회장은, 마지막 물막이 공사에 대형 폐유조선을 이용하여 큰 물줄기를 차단하자고 제안했다. 곧바로 정 회장의 아이디어에 대해 전문가들의 기술 검토가 있었고, 기술적으로 타당하다는 진단이 나왔다.

 1984년 2월 24일, 서산 간척사업의 마지막 물막이 공사가 폐유조선을 동원하여 이루어졌다. 공사 현장은 정 회장이 직접 진두지휘를 하였고, 공사는 한 치의 오차도 없이 성공했다. 이 공법 덕분에 현대건설은 계획 공기를 10개월이나 단축하였고, 280억 원의 공사비도 절감할 수 있었다. '정주영 공법'이라는 말을 탄생시킨 이 사건은, 훗날 뉴스위크지와 뉴욕타임스에 소개되기도 한다.

 정주영 회장은 일생 수많은 일화를 남겼다. 특히 현대조선소 설립을 위해 영국은행으로부터 차관을 얻으러 갔을 때, 은행 측 관계자가 배를 축조한 과거의 실적을 묻자, 즉석에서 500원짜리 지폐를 꺼내 거북선을 보여주었다는 일화는 많은 이들에게 알려져 있다.

 정 회장의 이런 아이디어는 대체 어디에서 나오는 걸까? 천부적 재능일 수도 있겠지만, 누구보다 현장에서 고민하고 또 고민한 결과의 산물이 아닐까 싶다. 그는 누구보다 부지런했으며, 누구보다도 많은 시간을 현장에서 보냈다. 현장=정주영이라고 할 만큼 현장을 중요시했다.

현장에서 고민하고 또 고민하면 아이디어는 나오게 되어 있다. 그것이 아이디어의 속성이기 때문이다.

case 1 단산터널

앞에서도 언급했지만, 요즈음 국비예산 확보는 가히 전쟁이라 할 만하다. 총만 안 들었지 모든 수단과 방법이 총동원되기 때문이다. '우는 아이 젖 물린다'는 얘기는 예산을 확보하는 데도 적용된다. '알아야 면장을 한다'는 말도 그렇다. 어느 부처에 얼마만큼의 예산이 있는지를 알아야 효율적으로 공격할 수 있다는 뜻이다.

2006년 선거에서 나는 단산터널을 공약으로 내세웠었다. 소요예산은 500억 원 정도였다. T/F팀을 구성하고 국비예산 확보에 나섰다. 그런데 단산은 아직 임도(林道)도 개설되지 않아서 도로예산 항목에서는 예산지원을 받을 수 없다고 했다. 고속도로와 국도는 국비지원 대상사업이며, 지방도는 도비지원 대상사업이다. 한마디로 국비도 안 되고, 도비도 안 된다는 소리였다. 결국 단산터널 T/F팀은 개점 휴업상태로 세월만 보내고 있었다. 그 휴업상태는 1년 이상 지속되었다.

당시 한 달에 한두 번은 전체 T/F팀 회의가 있었는데, 보고 때마다 단산터널 팀장은 똑같은 얘기를 반복했다. 미안하고 겸연쩍은 표정으로 "변동사항 없습니다!"라고 외칠 수밖에 없었다. 말이 그렇지, 팀장으로서 매번 그렇게 보고하는 게 얼마나 곤혹스러웠겠는가.

그러던 차에 기회가 왔다. 2008년 12월경 행정자치부에서 공문서 한 장이 날아왔는데, 미군기지와 관련하여 피해지역이 있으면 보상 사업비를 신청하라는 것이었다. 그 문서를 공람하면서 순간 아이디어가 떠올랐다. 급히 단산터널 T/F팀장을 불렀다.

"이 문서를 보고 단산터널 예산 500억 원을 요구하시오."

팀장은 의아해했다.

"우리가 어떻게 미군기지 피해보상 지역에 해당합니까?"

"예천 공군부대 공항소음 피해 지역이잖아."

그때 담당 팀장은 예천 공군부대에서 단산까지는 40km가 넘는데 무슨 소음 피해 지역에 해당하느냐고 반문했다.

"이봐, 소음 피해는 매우 주관적이야. 우리가 피해가 있다고 주장하면 피해가 있는 거야. 무조건 피해가 있다고 우기자고."

솔직히 조금 낯간지러운 얘기이긴 했다. 40km면 100리 거리이다. 100리 떨어진 지역에서 소음 피해라니, 아무리 비행기 소음이라도 논리적 타당성이 없었다. 하지만 다른 방도가 없으니 한번 시도해보자고 했다. 밑져야 본전이라는 생각도 들었다. 문제는 경북도청이었다.

경북도청의 문지방을 잘 넘어야 한다. 경북도청에서 23개 시·군의 신청 자료를 수합하여 행정자치부로 보내기 때문이다. 여기서 우선순위를 무조건 잘 받아야 한다. 행자부 입장에서는 17개 시·도의 사정을 소상히 알 수가 없으므로, 17개 시·도가 보고한 우선순위가 곧 법이 된다. 그래서 경북도청으로 문서를 보낸 다음 도청의 실무진을 직접 만났다.

"단산터널은 꼭 필요한 사업인데 다른 대안이 없습니다."

우리 사업이 제일 타당하다고 주장하지는 않았다. 오히려 타당성이 떨어진다고 솔직히 털어놓았다. 잘 아는 사람에게는 솔직하게 이야기하는 편이 훨씬 효과적이다. 여기서 단산 지역의 소음 피해 운운하면 반감만 산다. 한마디로 읍소작전이었다. 살려달라며 실무진에게 무조건 매달렸다. 보통 우선순위 결정은 실무진의 팬 대에 달려 있기 때문이다.

시장이 직접 나서서 사정하니, 그분들이 도와주었다. 결과적으로 경북에서 두 번째 순위로 행정자치부에 보고되었고, 덕분에 단산터널 사업비를 확보할 수 있었다. 두더지 전법의 성공이었다. 실무진에게 매달렸다는 측면에서 땅속을 기어 다니는 두더지로 비유하여 '두더지 전법'이라는 표현을 써보았다.

case 2 서울대병원 연수원 유치

2008년 1월경, 서울대병원 연수원 건설에 대한 정보가 들어왔다. 곧장 서울대병원 성상철 원장을 만났다. 성 원장은 평소 개인적 친분이 있는 사이였다.

"시장님이 늦으셨어요. 우리는 강원도 H군으로 이미 결정이 났습니다. H군에는 이미 부지도 확보되어 있습니다. 그리고 교수 연수원도 함께 짓기로 했습니다."

결국 한 발 늦었다는 소리였다. 허탈했다. 문경에서 연건동까지 단숨에 달려왔는데…. 문경에는 온천도 있고, 문경새재도 있고, 체육부대도 있다며 다시 한 번 생각해봐 달라고 했지만, 성 원장은 거듭 난색을 표하며 지금은 다른 방도가 없다고 했다.

결국 포기하고 돌아설 수밖에 없었다. 돌아서는 발길이 한 없이 무거웠다. 어깨에 힘이 쭉 빠졌다. 뭔가 길이 있을 법도 한데 생각이 나지 않았다. 그저 맥이 빠져 멍했다. 허탈한 심정으로 고속도로 톨게이트를 막 지날 무렵, 문득 아이디어가 떠올랐다.

"옳거니, 내가 왜 그 생각을 미처 못 했을까? 병원노조의 도움을 받자."

하남 IC에서 다시 차를 돌려 평소 친분이 있는 문경 출신 K노조 부위원장을 만났다.

"병원 연수원이 의대 연수원과 함께 있으면 서로 불편하지 않은가요?"

병원에서 일주일 내내 의사와 함께 근무했으면 됐지, 연수원까지 굳이 같이 가서 스트레스 받을 필요 없지 않느냐는 소리였다.

"의대 연수원은 당초 계획대로 H군으로 가라고 하시고, 병원 연수원은 의대 연수원과 멀리 떨어진 다른 곳, 예를 들면 문경 같은 데 지으면 어떨지요?"

의대 연수원과 병원 연수원의 분리 주장이다.

K씨는 잠시 침묵하더니 결심한 듯 선언했다.

"굿 아이디어입니다. 사실 병원 연수원은 따로 지어야 됩니다. 그게 서로에게도 좋지요. 제가 총대 한 번 메겠습니다."

결국 K씨가 중심이 되어 의대 연수원과 병원 연수원의 분리를 주장했다.

"우리는 H군 절대 안 갑니다."

K씨가 중심이 되어 노조 측에서 병원장에게 강력하게 요청하였다. 서명운동도 하고, 병원 앞에 현수막도 붙였다. 병원의 간호사, 사무원들이 이구동성으로 반대 입장을 표명했다. 병원 측과 노조 측의 실랑이는 3개월 가까이 이어졌다. 노조 측 주장이 결코 무리한 주장은 아니었다. 경제적 논리로야 함께 짓는 게 맞지만, 연수원 건립을 꼭 경제성으로만 따질 수는 없는 노릇이기 때문이다.

병원 측 입장에서도 노조 측과 이 문제로 끝까지 맞설 이유가 없었다. 노조 측 입장이 워낙 강경하자, 병원 측에서 결국 백기를 들었다. 곧이어 병원 연수원에 대한 별도의 추진계획이 발표되었다. 우리의 1차 목표가 달성된 셈이다.

우리는 병원 연수원의 문경 유치에 대한 제안서를 신속히 제출하였고, 2차 심사는 쉽게 통과되었다. 아무 연고도 없는 서울대병원 연수원을 맨땅에 헤딩하는 식으로 달려들어 유치에 성공한 것이다.

병원 연수원은 200여억 원의 자체 예산을 투자하여, 현재 '서울대학교 병원 인재원'이란 이름으로 문경읍 마원리에 건설되어 잘 운영되고 있다.

case 3 신기 제2 산업단지

국비예산도 뭉쳐야 딸 수 있다는 것을 보여준 사례가 바로 '신기 제2 산업단지' 사업이었다. 속칭 '꼽사리 전법'으로 우리는 국비 200억 원을 확보할 수 있었다.

이야기의 전말은 이렇다. 신기 제2 산업단지 조성공사비 200억 원을 지식경제부에 신청했다. 명분은 '폐광지역 특별국고지원'이었는데, 답은 부정적이었다.

"아무리 폐광지역이라도 산업단지 예산까지 국고로 지원하기는 곤란하다."

예산도 비빌 언덕이 있어야 한다. 유일한 언덕이 폐광지역이라는 명분인데, 폐광지역이라는 명분이 통하지 않았다. 폐광지역 지원은 그동안 해줄 만큼 해주었다는 식이었다. 결국 국비지원은 포기할 수밖에 없었다. 대안으로 민자 유치로 눈을 돌려 연일 시공업체 관계자를 만났다. 여러 가지 인센티브도 제안했다. 그러나 시공업체의 공통된 견해는 모두 부정적이었다. 경제적 타당성이 없다는 거다.

국비도 민자도 거부당하자 한숨만 나왔다. 200억 원이라는 돈이 서울이나 부산 같은 큰 도시에서는 별것 아닐 수도 있지만, 문경에서는 큰돈이다. 아무리 생각을 짜내려고 해도 대안이 떠오르지 않았다. 그렇다고 빚(부채)을 낼 수도 없다.

낙담을 하고 있을 때, 태백과 정선 지역 주민이 국회에서 농성 시위를 하고 있다는 신문보도를 접하였다.

"투자유치 과장, 우리도 태백, 정선에 꼽사리 낍시다."

뭉치면 살고, 흩어지면 죽는다고 하지 않던가. 우리 단독으로 '돈 달라' 했더니 씨알도 먹히지 않았는데, 마침 강원도에서 앞장서고 있으니 잘된 일이었다.

"우리도 거기에 동참합시다. 막말로 젓가락 하나만 들고 따라다니다 보면 혹시 떡고물이라도 생길지 누가 알겠소."

그리하여 합동 대책회의에도 참석하고, 중앙부처와 국회 방문 시에도 함께 갔다. 폐광지역 특별 경제지원에 대한 국회 앞 시위 행사에도 동참했다. 6개월 가까이 강원도 지역과 함께 몸으로 부딪힌 결과, 마침내 그해 정기국회를 앞두고 지식경제부로부터 긍정적인 답을 얻어냈다.

200억 범위 내에서 필요한 사업을 제출하라는 것이었다. 똑같은 명분이었는데, 혼자 힘으로는 끄떡도 안 하던 것이 여럿이 함께 하니 쉽게 이루어졌다. 역시 뭉쳐야 산다. 꼽사리 전법이 성공한 것이다. 현재 신기 제2 산업단지는 공사가 완료되어 분양 중이다.

case 4 숭실대 연수원

시장에 취임한 후 얼마 지나지 않아 평소 친분이 있는 숭실대 이효계 총장을 방문하였다.

첫 만남에서 나는 숭실대 제2캠퍼스를 문경에 건설하는 게 어떻겠냐며 제안을 하였다. 문경이 중부내륙고속도로 개통으로 서울에서의 접근성도 나쁘지 않고, 상대적으로 땅값도 저렴하다는 말도 했다. 이 총장은 제2캠퍼스 문제는 매우 복잡한 문제이므로 좀 두고 보자며 약간의 여운을 남겼다. 그날 우리는 많은 대화를 나누었고, 이 총장은 기회가 되면 문경을 한 번 방문하겠다고 약속하였다.

2008년 7월말, 여름휴가철을 맞아 숭실대 관계관들을 문경으로 초청하였다. 숭실대를 움직이기 위해서는 총장의 뜻도 중요하지만, 사무처 직원들의 바닥 민심도 중요하다고 판단했기 때문이다. 그날 불정동 야외캠핑장에서 숭실대 관계관(주로 대학 사무처 간부들)과 문경시청 간부 공무원이 늦은 시간까지 함께 소주를 마시면서 문경시와 숭실대의 미래를 꿈꾸었다. 미래는 꿈꾸는 자의 몫이라고 했던가. 함께 노래를 부르며 소중한 시간을 보냈다.

2008년 10월 안동에서 개최된 전국 대학 축구선수권 대회에서 숭실대가 결승전에 진출하였다는 소식을 들은 나는 정책기획단 A팀장을 불렀다.

"숭실대는 남이 아니지 않소. 우리가 현수막을 준비해서 응원합시다."

그날 정책기획단의 직원들이 중심이 되어 안동 종합운동장으로 달려갔다. 우리 응원팀은 본부석 반대편에 현수막을 걸고 열심히 응원했다. 이 소식은 곧바로 총장에게 보고가 되었다.

"신 시장, 고맙소. 문경시청 응원 덕분에 우리가 우승했소."

다음해인 2009년 10월 10일에는 숭실대 개교기념일에 특별 초청을 받아 갔는데, 나에게 갑자기 예정에 없던 축사를 시켰다. 나는 엉겁결에 문경사과 얘기를 꺼냈다. 마침 그때 문경에서 사과 축제가 열리고 있었기 때문이었다.

"오늘 저는 문경사과를 홍보하러 왔습니다. 문경사과가 필요하신 분은 나가실 때 강당 입구에 비치된 주소록에 주소를 적어주시면 맛있는 문경사과 보내드리겠습니다."

지금 생각해도 우습다. 축사 대신 사과 홍보라니! 그때는 즉흥적 아이디어로 그렇게 말했지만, 지나고 보니 참 잘한 것 같다. 문경사과 홍보에도 기여하였고, 숭실대와의 인연을 더욱 돈독하게 만들어주었으니 말이다. 아무튼 우레와 같은 박수를 받으며 나는 강단을 내려왔다. 사실 그때 강당 입구에는 당연히 주소록도 마련되어 있지 않았다. 갑작스런 나의 발언에 비서진이 부랴부랴 준비했던 것이다.

"시장님, 아까 저는 깜짝 놀랐습니다. 강당에 500명 가까이 있었는데 어쩌시려고…."

500명이 다 서명하면 어떻게 감당하려고 그랬느냐는 소리였다. 나중에 확인해보니 총 120명이었고, 그 숫자는 내가 생각했던 것보다는 적었다. 서명한 120명에게 약속대로 사과를 보내드렸더니, 많은 분들이 시청 홈페이지에 문자를 올렸다.

'문경사과 맛있다', '신선한 충격이다', '반신반의하면서 그냥 주소를 적었는데 진짜 사과를 보내주어서 감사하다' 등등. 이 총장도 사과 보내주어 고맙다며 전화를 하셨다.

좌충우돌 식으로 부딪힌 문경시와 숭실대의 밀월 관계는 그렇게 2년 가까이 지속되었다. 마침내 2009년 12월, 이 총장이 나를 좀 보자고 했다.

"신 시장, 제2캠퍼스 문제는 아직 어렵고, 우선 우리가 연수원을 건설하고 싶은데, 좋은 부지 하나 물색해주시지요."

이렇게 하여 호계면 호계리에 숭실대 연수원 부지 4만 평이 매입되었다. '시작은 미약했으나, 끝은 창대하리라.'라는 성경 말씀이 생각난다. 좌충우돌 식으로 맺은 인연이 작은 결실을 맺게 된 것이었다. 현재 연수원은 '숭실대 통일리더십 연수원'이란 이름으로 건설되어 잘 운영되고 있다.

case 5 객차형 펜션 유치

2007년 가을의 어느 날, 철도공사에 근무하고 있는 문경 출신 K 씨가 사무실로 찾아왔다.

"시장님, 저 좀 도와주십시오. 누이 좋고 매부 좋은 길이 있습니다."

객차형 펜션에 대한 좋은 아이디어가 있는데, 내 도움이 필요하다고 했다. 쉽게 말해서 나 보고 '중매쟁이' 역할을 좀 해달라는 것이었다. 객차형 펜션은 사용하지 않는 객차를 개조하여 펜션 형대로 제작한 상품이다.

"시장님이 이철 사장님(전 국회의원)과 친하지 않습니까. 저의 객차형 펜션 아이디어를 이철 사장님께 적극 추천 좀 해주십시오. 일이 잘되면 사업은 문경에서 하도록 하겠습니다."

자기가 구상하고 있는 아이디어에 힘 좀 실어 달라는 것이다. 철도공사 직원들의 숫자가 워낙 많아 어지간히 좋은 아이디어라도 '빽(?)'이 없으면 채택이 잘 안된다고 했다. K씨는 몇 년 전부터 이 과제를 제안했는데 번번이 낙방했다는 것이다. 나는 흔쾌히 중매쟁이 역할을 받아들였다.

며칠 뒤 평소 친분이 있는 철도공사의 이철 사장을 방문했다. 그리고 K씨의 객차형 펜션에 대해 설명했다. 사실 도사 앞에서 요롱 흔드는 꼴이었지만, 이왕 중매쟁이로 나선 것이니 할 도리는 해야 했다.

"사장님, 호텔 같습니다. 객차형 펜션 멋진 아이디어 같습니다. 폐철도 부지에 설치하면 인기 짱일 것 같습니다."

다행히 이철 사장도 좋은 아이디어인 것 같다며 맞장구를 쳐주었다. 나의 중매쟁이 역할은 끝난 셈이다. 이철 사장은 며칠 뒤 철도공사 간부회의에서 객차형 펜션에 대해 언급하며 긍정적으로 검토해 보라고 했다. 이철 사장의 관심 덕분인지, 그해 K씨의 객차형 펜션 아이디어는 철도공사 사내 아이디어 공모 대상을 수상했다.

곧이어 철도공사에서는 '객차형 펜션 설치사업'의 경제적 타당성을 분석했으며, 이듬해 철도공사에서 시범사업을 추진한다고 했다. 그리고 약속대로 K씨는 문경시 불정동 불정 역사(驛舍) 앞에 객차형 펜션이 설치되도록 앞장섰다. 중매한 대가로 신 관광 상품을 유치한 것이다. 현재 불정동에는 객차형 펜션 7동이 설치되어 운영 중이며, 객차형 펜션은 문경관광의 첨병 역할을 잘하고 있다.

노하우6

친절이 왕

테레사 수녀는 말했다.
'당신의 얼굴에 친절이,
당신의 눈에도 친절이,
당신의 미소 속에도 친절이,
당신의 따뜻한 인사 속에서도
친절이 서려 있게 하라.'

친절의 경제학

  힐튼 그룹의 창업주인 콘래드 니콜슨 힐튼의 감동적 일화는, 우리가 일상생활에서 베푸는 친절이 어떤 모습으로 되돌아올 수 있는지를 보여주는 한 예이다.

  힐튼 부부가 어느 시골마을을 여행하고 있을 때였다. 날이 저물어 인근 호텔을 찾아다녔지만 그날따라 빈 방이 없었다. 난처해진 부부는 한 작은 호텔에 들어가 딱한 사정을 이야기했고, 부부를 딱히 여긴 호텔의 지배인은 자기가 묵는 직원용 숙소를 빌려주었다. 후에 그 지배인은 힐튼에게 체인 호텔의 CEO를 맡아 달라는 편지를 받게 된다.

  훈훈한 이야기가 아닐 수 없다. 친절은 사람의 마음을 움직이며, 친절은 사람을 감동시킨다.

  그렇다면 목민관으로서 나의 친절 점수는 과연 몇 점이나 될까? 시청 공무원들에게는 거듭 친절을 강조하고 있는데, 정작 나 자신은 잘하고 있는 것인지 알 수가 없다. 등잔 밑이 어둡고, 나는 내 얼굴을 볼 수 없으니 말이다.

　어느 날 환경부 출신의 손희만 국장이 찾아와 나에게 '친절의 경제학'이라며 강의(講義)를 했다. 친구로서 '친절 목민관'이 되라는 충고란다. 그는 친절 하나만 확실하게 실천해도 목민관의 일절반은 하는 것이라며, 쉬워 보이지만 결코 쉽지 않은 게 친절이라는 이야기도 했다.

　"친절은 베푼 사람도 플러스요, 받는 사람도 플러스지."

　일반 경제학에서 재화는 준 사람과 받은 사람의 플러스와 마이너스를 합하면 제로가 되어야 하는데, 친절은 그렇지 않다는 것이다. 친절은 베푼 사람과 받는 사람의 합이 제로가 되는 것이 아니라 더블 플러스가 된다고 했다. 반대로 불친절은 더블 마이너스라는 얘기다. 나에게 반드시 더블 플러스 시장이 되라고 했다.

　"친절은 경제학의 수요와 공급의 법칙에도 맞지 않아. 일반 경제학에서는 수요가 일정할 때 공급이 늘면 재화의 가치가 떨어지는데, 친절이라는 재화는 그렇지가 않거든."

　아무리 친절해도 절대 손해 안 본다는 것이다. 참 뻔한 얘기를 어렵게 했다. 그것도 경제학이라는 용어까지 쓰면서 말이다. 아무튼 친절해지면 누이 좋고 매부 좋은 건 사실이다. 실은 나도 바뻘 때면 본의 아니게 퉁명스럽게 전화를 받는 경우가 있다. 전화를 끊고 나면 후회가 되어 다시 전화를 걸어 사과하는 경우가 종종 있다.

친절해야 한다. 이는 상대방을 위해서라기보다 나 자신을 위해서다. 친절하면 내가 기분이 좋다. 게다가 친절에는 예산도 필요하지 않다. 돈 안 들이고 모든 시민이 행복해지는 프로젝트가 바로 친절이라는 말이다. 그럼에도 불구하고 왜 친절하지 못한 걸까.

나의 경험으로는 지방이 상대적으로 서울보다 불친절한 것 같고, 지역적으로는 경상도 사람들이 불친절한 것 같다.

"문경 사람들은 늘 화가 난 것 같아."

"문경 사람들은 아무나 보고 반말이야."

한마디로 문경의 친절 점수는 낙제점이라는 거다. 경상도 사람들이 좀 무뚝뚝하다. 게다가 문경사투리는 끝자가 '여'나 '요'로 끝나서 친근하다고 얘기하는 게 꼭 반말처럼 들린다. 애교와는 거리가 멀어서 이래저래 손해 볼 때가 많다.

선거가 있기 바로 전 해인 2005년 가을쯤이었을 것이다. 어느 일요일, 성당의 미사를 마치고 사목회 임원들과 함께 문경온천 인근의 식당에 갔다. 아마 열두 시 반쯤 되었던 것 같다. 식당에 다른 손님은 없고 우리 일행뿐이었다. 그때 식당 문이 열리며 남녀 몇 명이 들어왔다.

"식사 뭐 됩니까?"

"밥 없어요!"

주인아주머니의 대답에 나는 밥을 먹다말고 놀라 쳐다보았다. 몇 분 뒤 다시 문이 열리더니 좀 전의 그 일행이 다시 들어와 물었다.

"얼마나 기다리면 됩니까?"

"밥 안 해봤어요? 식당이나 집이나 똑같지."

마치 핀잔주듯 말하는 주인아주머니의 대답을 들은 일행은 그냥 문을 닫고 나갔다. 솔직히 나는 그런 대답을 듣고도 아무런 말도 하지 않고 나간 그 일행들이 참 대단하다 싶었다. 잠시 후 주인아주머니가 우리 테이블에 음식을 가지고 오자, 우리 사목회 회장이 한마디 했다.

"사장님, 왜 같은 말이라도 그렇게 하세요."

더욱 기가 막힌 주인아주머니의 답변이 이어졌다.

"제가 뭐 틀린 말 했나요? 밥 없으니까 밥 없다고 하고, 밥하는 시간이야 다 똑같다고 한 거죠."

순간 이것이 문경의 친절도를 나타내는 척도라는 생각이 들었다. 큰 망치로 뒤통수를 한 대 얻어맞은 기분이었다. 그날 나는 시장이 되면 무엇보다 친절 도시 문경을 만들어야겠다고 다짐했었다.

시장이 된 후, 친절 도시 문경을 만들기 위해서는 먼저 공무원부터 친절해야 한다는 생각에 월례조회시간에 친절 이야기를 꺼냈다.

"첫째도 친절, 둘째도 친절입니다. 친절만이 우리 문경을 살릴 수 있습니다. 친절해야 기업, 공장을 유치 할 수 있습니다. 친절해야 관광 문경을 이룰 수 있습니다. 친절해야 문경 농산물을 팔 수 있습니다. 친절은 사람의 마음을 움직입니다. 친절은 사람을 감동시킵니다. 친절이 왕입니다."

친절 프로젝트의 일환으로 모든 민원인에게 커피 무료봉사도 시행하였다. 예산도 그렇게 많이 들지 않았다. 화가 잔뜩 나서 항의하러 동사무소에 왔다가, 동사무소 여직원이 달려 나와 따뜻한 커피 한잔을 대접하는 순간 화가 다 풀렸다는 어느 어르신의 말씀도 들었다.

'친절'을 문경시의 새로운 캐치프레이즈로 정하고, 기회가 있을 때마다 친절을 강조하였다. 회의에서, 행사장에서, 모임에서… 어디에서건 친절 이야기는 빼놓지 않았다. 친절 도시 문경 건설은 시간이 지나면서 공무원에서 택시기사, 식당, 가게, 시장 상가에까지 확산되었다. 만나는 사람마다 먼저 반갑게 인사했고, 특별히 좋은 일이 없어도 웃음으로 사람들을 대했다. 문경의 변화가 시작되었다. 시민들의 표정이 밝아지자 거리에도 생기가 넘쳐났다. 불친절 도시 문경이 친절 도시 문경으로 바뀌어 가고 있는 것이다.

2007년 4월말, 문경새재에서 〈전통 찻사발 축제〉가 개최되었다. 그날 나는 내빈 명단에 없었던 캡(CAP)의 고병헌 회장이 참석하였다는 실무진의 보고를 받고, 인사말을 할 때 고 회장을 정중히 소개하였다.

축제가 끝난 며칠 뒤 캡 비서실에서 전화가 왔다. 고 회장이 축제장에서 친절하게 소개해주어 감사하다는 표시로 식사 대접을 하겠다고 했다. 사실 그때까지만 해도 고 회장과 나는 일면식도 없는 사이였다. 친구와 함께 문경새재를 지나던 고 회장은, 마침 축제가 열리고 있어 잠시 자리를 한 것이었는데 뜻밖에 정중한 소개를 받아 깜짝 놀랐단다.

고 회장의 식사대접을 받은 지 몇 개월이 지났을 때였다. 고 회장은 내게 직접 전화를 하여 문경에 공장부지 2만 평 정도 급히 구할 수 있겠느냐고 물었다. 고속도로에서 가까운 곳이어야 한다고 했다. 나중에 알게 된 사실이지만, 그때 고 회장은 캡 제2공장 후보지로 S시를 염두에 두고 있었는데, 나의 친절에 감동해서 문경을 선택했다고 한다. 문제는 6개월 안에 모든 인·허가 절차를 마쳐야 한다는 것이었다. 외국 회사와의 합작 때문이라고 했다.

나는 고 회장의 전화를 받고, 정책기획단 관계자에게 중부내륙 고속도로 점촌·함창 IC 가까이에 공장부지 2만 평을 찾아보라고 지시했다. 이틀 뒤 세 개의 후보지가 보고되었고, 나는 즉시 현장 답사에 나섰다.

두 개의 후보지는 사유지(私有地)였고, 한 개의 후보지는 시유지(市有地)였다. 시간적 제약 때문에 시유지를 선택할 수밖에 없었는데, 여기에도 문제가 있었다. 그 후보지의 절반은 과수원이고 절반은 공동묘지였는데, 과수원은 현재 개인에게 임대를 준 상황이라 임대문제를 풀어야 했고, 공동묘지는 묘지를 이장해야 했다.

조사와 협의에 최소 두세 달은 걸리는 사전환경성 검토도 해야 했고, 시유지 매각에 대한 시의회 동의도 받아야 했다. 결론적으로 말하자면, 일반적인 방법으로 6개월 안에 인·허가는 받는다는 건 사실상 무리였다. 나는 간부회의를 소집하였다.

"간부 여러분들의 자존심을 걸고, 6개월 이내에 인·허가를 받도록 힘써주십시오."

모든 간부들이 내 일처럼 달라붙었다. 산림과, 농정과, 정책기획단 등 모든 간부들이 몸 사리지 않고 나섰다. 농구의 올코트프레싱 작전(All court pressing 모든 선수가 압박하는 작전) 같았다. 사전환경성 검토, 묘지 이장, 과수원 임대계약 해지 등 모든 일들이 동시다발적으로 진행되었다. 모두가 일사천리로 움직여준 덕에 1년 이상 걸리는 일들을 3개월 만에 전부 끝내고 모든 준비를 마쳤다.

찻사발 축제 때 내빈 소개해 드린 게 인연이 되어, 캡 제2공장 유치라는 뜻밖의 소득을 이룬 것이다.

case 2 성신 RST

바둑에 성동격서(聲東擊西)라는 전법이 있다. 진짜 공격하고자 하는 반대편 쪽을 먼저 타격하는 전법으로 『손자병법』에 나오는 말이다. 일을 하다 보면 가끔 엉뚱한 결과를 가져오는 경우가 있다.

"꿩 대신 닭이라고나 할까요. 관광열차 유치하려다가 엉뚱하게 철도차량 제작회사인 성신 RST 공장을 유치하게 된 것이지요."

정책기획단 A팀장의 말이다. 사실 관광열차 유치는 내가 2006년 선거에서 내건 공약 중 하나였다. 문경선(문경읍↔점촌)과 가은선(가은읍↔불정)의 폐철로에 관광열차를 운행하고자 했었다.

시장 취임 후 곧바로 관광열차 T/F팀을 구성하고, 팀장과 함께 관광열차 제작회사를 방문하였다. 그때 성신 RST의 박계출 사장을 만났다. 첫 만남의 자리에서부터 나는 박 사장에게 문경 관광열차 사업에 적극 동참해 줄 것을 부탁했다. 체육부대 이야기도 하고, 군인체육대회 이야기도 했다. 그리고는 박 사장을 문경으로 초청해서 내가 직접 현장도 안내하면서 내가 구상하고 있는 프로젝트를 설명했다. 이후 여러 차례 박 사장을 만나 공을 들였지만, 이런저런 이유로 관광열차 사업은 성공하지 못했다.

"사실 그때 시장님의 친절과 열정에 감동해서 문경으로 공장을 옮기게 되었지요."

특별히 잘 해드린 것도 없는데, 예상지 않게 이런 이야기를 들으니 가슴이 뭉클했다.

"솔직히 체육부대와 군인체육대회에 대한 기대도 컸습니다. 그리고 무엇보다 시장님의 열정에서 문경의 새로운 희망을 느끼게 됐고, 문경에 오면 무언가 잘될 것 같다는 생각이 들었지요. 그래서 공장을 옮긴 겁니다."

나의 친절과 열정 때문에 공장을 옮기게 되었다는 박 사장의 이야기를 들으며 친절의 소중함을 새삼 깨달았다. 캡의 제2공장에 이어 친절이 인연이 되어 공장을 유치하게 된 것이다. 다만 성진 RST 공장 유치 과정에서 문경선 철로 개·보수에 대한 관계기관 협조가 성사되지 못한 것이 못내 아쉽다.

노하우7

아름답거나 재미있거나

이왕이면 다홍치마라고 한다.

보기 좋은 떡이 먹기도 좋다고 한다.

보이지 않는 것도 중요하지만 어떻게 보이는가도 중요하다.

보이지 않는 것을 보여주기 위해서는

먼저 보이는 부분에서 거부감이 없어야 한다.

오히려 시선을 끌어야 한다.

첫인상이 중요한 까닭이 여기에 있다.

보이는 것도 중요하다

조동성 서울대 교수의 『새로운 시대를 위한 디자인 혁명』이란 책을 보면, 인류 1만 년 역사에서 3대 혁명이 있었다고 한다. 첫 번째는 18세기 영국에서 출발한 산업혁명이고, 두 번째는 20세기의 정보화 혁명, 그리고 세 번째가 21세기의 디자인 혁명이라고 했다. 지금 우리는 디자인 혁명시대에 살고 있다는 것이다.

디자인이란 무엇인가. 어떤 사물을 아름답게 만드는 과정이다. 좀 더 학문적으로 표현하자면, 디자인이란 미(美)와 용(用)의 가치를 향상시키기 위한 기술적 프로세스이다.

이제 정치도 디자인 전쟁이다. 아무리 좋은 정책, 아이디어가 있어도 상품의 포장과 디자인에서 실패하면 이길 수 없기 때문이다.

지방자치단체도 마찬가지다. 상징로고에서부터 농산물, 공산품의 디자인 개발에 많은 노력을 기울이고 있다. 문경시장 재임 중 나는 열심히 달리자는 뜻으로 '러닝(Running) 문경'이라는 캐치프레이즈를 내걸었다. 문경 농산물 공동브랜드로는 '새재의 아침'을 개발하였다.

디자인도 이수만 대표가 얘기하는 두 가지 원칙과 같은 맥락이다. 아름다움이 좋음을 이기는 세상인 거다. SM 엔터테인먼트의 이수만 대표가 내게 가르쳐준 두 가지 원칙이란 '아름답거나 재미있거나'였다.

"저는 대학 졸업 후 가수 활동을 하고 사업을 하면서 크게 두 가지 원칙을 깨달았습니다. 첫째, 아름다워야 합니다(beautiful). 둘째, 재미있어야 합니다(interesting). 이 두 가지 원칙이 다 충족되면 사업은 반드시 성공합니다. 성공하기 위해서는 최소한 아름답든 재미있든 어느 한쪽은 만족시켜야 한다는 겁니다. 분명한 건, 아름답지도 않고 재미있지도 않으면 반드시 실패한다는 사실입니다. 아무리 명분이 있고 필요한 사업도 이 두 가지 원칙에 어긋나면 실패합니다. 사실 이 두 가지 원칙은 약방의 감초 같은 존재예요. SM이 주도한 K팝의 성공 요인도 따지고 보면 이 두 가지 원칙 때문이지요."

"K팝이란 우리의 전통문화에 두 가지 원칙을 응용하여 만든 작품입니다. 이를테면 우리의 전통문화를 세계인의 눈과 귀에 맞추어 아름답고 재미있게 꾸민 것이지요."

이 대표로부터 두 가지 원칙에 대한 특강(?)을 듣고 참으로 많은 것을 깨달았다. '이 대표를 좀 더 일찍 만났으면 더 많은 일을 했을 텐데' 싶은 생각마저 들었다. 그날 이후 나는 이 두 가지 원칙의 신봉자가 되어 무엇이든 사업을 추진할 때면 나 스스로에게 물었다.

'그것이 아름다운가(Is it beautiful)?'

'그것이 재미있는가(Is it interesting)?'

그리하여 문경시의 모든 일과 사업은 늘 이 두 가지 원칙을 적용하였다.

두 가지 원칙을 얘기하면서 이 대표는 SM의 소속 가수 보아 이야기를 해주었다.

"보아라는 예명도 대표님께서 지어주셨나요? 이름이 참 예쁩니다. 어찌 보면 매우 서구적인 이미지도 풍기고… 보아의 성공에 이름도 한몫했을 것 같습니다."

"보아는 본명이에요. 성이 권(權) 씨이고 이름이 보아지요. 처음 보아가 SM 사무실에 찾아왔을 때는 '권보아'라고 하길래 참 촌스러운 이름이구나 싶었어요. 예명을 지어야 하나 싶었는데, 순간적으로 '권' 자를 떼보니 괜찮더라고요."

보아가 일본에 진출할 때는 영문 표기를 'BOA-BEST OF ASIA(아시아의 최고)'로 표기하였다. 받침이 없는 일본어의 특징상 보아는 일본인들이 쉽게 부를 수 있는 발음이어서 좋았단다. 일본에서 보아가 성공한 데는 이름도 한몫했다고 한다. 보아가 미국으로 진출할 때는 보아의 영문 표기를 또 바꾸었다. 'BOA-BEST OF AMERICA(미국의 최고)'였다. 그리고 미국으로 진출하면서는 백댄서를 흑인으로 교체했다고 했다. 얼핏 보아와 흑인 백댄서가 어색해 보일 것 같지만, 이 대표는 직감적으로 보아와 흑인 백댄서가 이 두 가지 원칙에 딱 부합하는 콘셉트라고 말했다.

"노래가 중요하지요. 그러나 노래만으로는 결코 성공할 수 없습니다. 춤이 뒤따라야 합니다. 춤이 무엇입니까? 아름답고 재미있게 만드는 수단이지요. 아름답고 재미있게 만드는 노하우인 겁니다. 게다가 '아름답고 재미있게'라는 것은 끊임없이 진화하고 발전해야 합니다. 춤이 시대에 따라 바뀌는 이유라고 할 수 있지요. K팝의 성공 요인은 바로 춤입니다. 세계인의 눈과 귀에 맞춘 춤이지요. 때로는 노래보다 춤이 더욱 가치를 발휘하기도 합니다."

그날 이 대표로부터 보아 이야기를 들으면서 이 대표가 말하는 두 가지 원칙의 의미를 다시 한 번 확인할 수 있었다.

case 시청 담장 허물기

문경시의 모든 공사와 사업은 두 가지 원칙을 적용하였다. 늘 '더 아름답게, 더 재미있게'를 부르짖었다. 이 두 가지 원칙이 문경의 경쟁력임을 강조했다.

이 두 가지 원칙에 따라 제일 먼저 실행한 것은, 20년 된 시청의 담장을 허무는 일이었다. 담장을 허물자 문경시청이 180도로 달라졌다. 일단 보기에 좋았고 분위기마저 바뀌었다. 돌도 가져다 놓고, 오래된 소나무도 군데군데 옮겨 심었다. 귀퉁이에는 작은 주민쉼터도 마련하였다. 시청이 도시공원으로 탈바꿈한 것이다.

시청 담장에 이어 문경새재 옛길 박물관(문경읍 상초리에 위치한 문경역사박물관) 앞 담벼락도 철거했다. 당시에는 마치 교도소 담벼락 같은 담장에 가리여 옛길 박물관의 전경이 꽉 막혀 있었다. 옛길 박물관 담장을 허물고 소나무도 심고 돌도 가져다 놓고, 작은 연못도 만들어 물고기도 집어넣었다. 문경새재의 새로운 볼거리가 생긴 것이다. 그 이후 문경시내 모든 담벼락을 다 허물도록 하였다.

시청 테니스장을 없애고, 그 자리에 도서관을 지은 것도 이 두 가지 원칙에 따른 것이다. 바로 모전 도서관의 탄생이다. 도서관 건물을 아름답게 설계하고 열람실도 재미있게 꾸몄다.

모전공원 또한 두 가지 원칙을 염두에 두고, 소나무 한 그루, 돌 하나까지 챙기고 챙겼다. 설계에서부터 시공, 감리까지 내가 직접 진두지휘하였다. 120억 원의 사업비를 투자하여 체육시설과 음악분수, 전투비행기 등을 갖추어 전국에서 가장 아름답고 재미있는 도시 공원으로 만들었다. 모전공원 조성으로 인근지역 아파트 값이 20~30% 상승하였고, 타 지역에서 벤치마킹을 위해 방문하는 일도 많다.

농업은 유통

농사만 잘 지으면 되는 시대는 지났다.
이제 농업도 유통이다.
브랜드 전쟁이다.
각종 FTA가 체결되면서
농업도 경쟁력이 있어야 살아남는다.
글로벌 경쟁시대에서 살아남기 위해서는
브랜드의 가치를 높이는 수밖에 없다.

세종과 농업

세종의 농업에 대한 업적은 잘 알려져 있지 않다. 어쩌면 워낙 뛰어난 다른 업적들 탓에 농업 부분에 대해서는 찬양의 순서가 뒤로 밀려난 것인지도 모르겠다. 하지만 조선시대 경제의 근간은 농업이었다. '농자천하지대본(農者天下之大本)'이라고 하지 않았던가.

농업 분야에서 세종의 가장 큰 업적은 무엇보다 벼 이양법(移讓法) 도입이라고 할 수 있다. 즉 모심기 기술로, 이때의 기술이 지금까지 이어져 오고 있는 셈이다. 당시까지만 해도 벼농사는 그냥 씨를 뿌리는 직파법(直播法)이었다. 모든 농가에서는『농상집요(農桑輯要)』에 적혀 있는 방식으로 농사를 지었다.

『농상집요』가 무엇인가. 고려시대 이암이 들여온 중국 원나라의 농업서적이 아닌가. 중국의 농업서적이 우리나라 실정에 맞을 리 없었다. 그러니 힘은 힘대로 들고 소출은 적었다. 세종은 영농혁신이 필요하다고 생각했다. 농업 소득을 올리기 위해서는 새로운 영농기술 보급이 필요하다고 판단한 것이다.

세종은 집현전의 젊은 학사인 정초와 변계문에게 우리나라의 실정에 맞는 영농교본, 영농지침서를 작성하라고 지시했다. 이들은 팔도의 사례를 찾아 직접 조사하고 연구하여, 드디어 세종 11년에 『농사직설(農事直說)』을 완성한다. 10여 년의 연구 끝에 만들어 낸 이 책에는 올벼, 늦벼, 밭벼 등의 재배법과 씨앗 저장법, 토질 개량법, 모판 만드는 법, 모내기 법, 거름 주는 법 등이 자세히 언급되어 있다.

우리나라 최초의 농업서적인 『농사직설』에 의해 벼농사의 이양법이 시행되면서 벼농사 수확량이 획기적으로 증가하게 된다. 우리나라의 1차 농업혁명이라고 할 수 있다. 벼농사 이양법이 본격화된 세종 20년에는 전국적으로 기근 현상이 완전히 사라졌다고 하니, 당시 이양법이 얼마나 획기적인 방법이었는지 가히 짐작할 수 있다.

case 문경 사과와 오미자

원래 사과의 주산지는 대구였다. 온난화 현상으로 사과 생산의 적지가 북상한 지금은 영주, 문경, 안동, 청송 등 경북 북부지방이 주 생산 지역이다. 전국 사과 생산량의 60% 정도가 이들 지역에서 생산되고 있다.

5년 만에 문경사과 매출액이 500억 원에서 1천억 원으로 올라갔다. 문경사과의 브랜드 가치가 높아졌기 때문이다. 사과대학을 만들어 공부·연구하고, 일본의 전문가를 초빙하여 기술교육을 강화하였다. 일본 기술자의 전지(剪枝 가지치기)하는 모습을 보고 배웠다. 전지라고 해서 그냥 나뭇가지를 자르는 것만이 아니었다. "사과나무 가지마다 햇빛을 가장 많이 받도록 전지해야 됩니다. 나무와 나무 사이, 공간과 공간 사이를 입체적으로 고려하여 전지해야 해요. 건축사가 건축물을 디자인하듯 사과나무를 디자인해야 됩니다. 광합성이 최대한으로 이루어지도록 나무를 설계하고 리모델링해야 됩니다."

일본 기술자의 설명이었다.

이제 농업도 첨단산업이고 전문산업이다. 전문성과 기술이 없으면 농사를 지어도 적자를 본다. 게다가 전국적으로 사과재배 면적이 늘면서 유통전쟁이 시작되었다. 브랜드 전쟁이 시작된 것이다. 이제 사과도 유통이다. 브랜드의 가치가 점점 더 중요해지는 까닭이다.

쓴맛, 단맛, 매운맛, 신맛, 짠맛의 다섯 가지 맛이 난다 하여 이름 붙여진 오미자는 원래 야생이었던 것을 무주, 진안, 장수 지역에서 재배하여 판매하기 시작했다. 문경도 20년쯤 전에 동로지역에서 처음 재배를 시작하여 지금은 문경 전역에서 재배되고 있다.

2006년 내가 시장에 처음 취임했을 때, 문경오미자의 연간 매출액은 50억 원에 불과했다. 그러나 5년 만에 문경오미자 매출액은 300억 원으로 껑충 뛰었다. 5년 만에 여섯 배나 증가한 것이다. 매출액 증가의 결정적 역할을 한 것은 홍보였다.

유통의 출발은 홍보이다. 그리고 홍보는 뭐니 뭐니 해도 TV의 위력이 가장 크다. 2010년부터 MBC에서 방송된 드라마 〈동이〉는 영조의 어머니인 숙빈 최 씨의 이야기이로, 시청률이 30%대에 이를 만큼 선풍적 인기를 끌었다. 문경시가 이 드라마를 제작

협찬하였고, 드라마 속에서 오미자를 간접 광고하였다.

"붉은색을 띤 이 차(茶)는 무엇이냐?"

"오미자차입니다."

임금님이 마시는 차가 오미자차로 인식되면서 그해 문경 오미자는 선풍적 인기를 끌었다. 당시 킬로그램 당 6천 원 하던 것이 9천 원으로 폭등하기까지 했다.

이듬해에는 KBS의 〈생로병사〉 프로그램에서는 오미자의 효능에 대해 홍보하였다. 유명 의사들이 직접 출연하여 오미자의 의학적 효능에 대해 자세히 설명한 것이다.

이 두 번의 이벤트는 문경오미자의 역사를 바꾸어놓았다. 문경오미자의 브랜드 가치를 올린 것이다. 이제 문경오미자는 명실상부한 문경의 대표 농산물이 되었다. 문경오미자의 역사는 지금도 진행형이다.

지속가능한 개발

로버트 고다드는 말한다.
"불가능이 무엇인가를 말하기는 어렵다.
어제의 꿈은 오늘의 희망이며
내일의 현실이기 때문이다."
우리의 환경을 지키는 것은
과거의 나였고, 현재의 나이며,
미래의 나일 것이다.

환경오염과 환경문제

　요즘은 가수보다 배우로 더 활발한 활동을 하고 있는 김창완 씨가 신문에 짤막한 글을 하나 실었다. 지난 50년간의 무분별한 개발에 대한 이야기였다.

　"너희들의 할아버지 세대는 나라를 찾는 데 온 힘을 쏟았고, 너희 아버지 세대는 가난을 벗어나느라 애들 썼단다. 이 모든 것이 너희들의 행복으로 이어질 줄 알았는데, 최근 50년간 이룩한 나라의 경제성장이 괄목할 만한 것은 사실이지만, 너희들이 따야 할 과실을 익기도 전에 탐욕스럽게 앞 세대가 서둘러 거둔 것이 아닌지 후회스럽다."

　2015년 12월 파리기후협정(The Paris Agreement)이 최종 타결되었다. 파리협정에서는 교토의정서와 시드니선언에 포함되지 않은 새로운 규제 내용을 담고 있다. 우리나라를 포함한 195개 당사국은, 5년마다 온실가스 감축 계획안을 제출해야 하고 정기적인 검토를 받아야 한다. 이제 온실가스 감축은 강 건너 불이 아니라 발등의 불이 되었다.

경제개발만이 유일한 목표였던 시절, 경제개발을 위해서라면 무엇이든 희생할 준비가 되어 있었다. 당연히 환경문제도 그중의 하나였다. 개발로 인한 환경문제는 크게 두 가지로 요약된다. 하나는 도시화로 인한 환경오염문제이고, 다른 하나는 산업화에 따른 환경문제이다.

지속가능한 개발(Sustainable development)이란 개발로 인한 환경파괴를 최소화하고 개발이 영속되는 것을 의미한다. 오늘의 개발이 미래세대의 밥그릇을 깨뜨려서는 안 된다는 말이다. 미래세대를 고려해야 된다는 뜻이다. 아무리 급해도 씨암탉까지 잡아서는 안 되고, 투망 식 고기잡이를 해서는 안 된다는 말이다. 지금의 우리가 살고 있는 이 땅은 미래세대에게 잠시 빌려왔을 뿐이니, 소중하게 잘 쓰다가 원래 주인인 그들에게 곱게 물려줘야 한다는 뜻이다.

지속가능한 개발을 위해서는 무엇보다 목민관인 시장과 군수의 철저한 환경마인드가 필요하다. 요람에서 무덤까지 환경을 고려해야 한다. 정책의 입안단계에서부터 철저한 환경마인드로 무장해야 한다. 한 번 훼손된 환경은 원상복구가 불가능하기 때문이

다. 설사 가능하다고 해도 돈과 시간을 몇 곱절 투자해야 하는 속
성을 가지고 있기 때문이다.

 지속가능한 개발을 늘 염두에 두어야 할 것이다. 비록 환경에
대한 평가는 훗날 목민관 자리를 떠난 뒤에나 받게 될 것이지만,
최소한 환경을 망친 목민관이란 오명을 남기는 일은 없어야 하기
때문이다.

박정희와 그린벨트

박정희 대통령은 누구나 다 알듯이 경제 대통령이요, 개발 대통령이다. 박 대통령은 첫째도 개발, 둘째도 개발이었다. 그렇다면 환경 부문은 어떠했을까. 개발만을 우선으로 했으니 환경 파괴의 주범이었을까.

사실은 전혀 그렇지 않다. 박 대통령은 환경 대통령이라고 불려도 좋을 만큼 평소 환경 문제에 관심이 많았다. 도시화로 인한 환경오염과 산업화에 따른 환경문제를 예견하고, 그는 미래를 내다본 국토계획을 추진하였다.

박 대통령은 도시화로 인한 환경오염 문제를 대비하기 위해 그린벨트(Green Belt)를 지정하였다. 1971년 실무진의 건의를 받고 도입한 그린벨트는, 당시 전 국토의 5.5%에 해당하는 5,400㎢로, 28개 시와 36개 군이 대상 지역이었다.

그린벨트 제도는 영국과 일본에서 처음 도입되었지만, 정치적 갈등 때문에 모두 실패한 정책이었다. 유일하게 성공한 나라가 대한민국이다. 그린벨트 지정은 순기능도 있지만, 많은 대상 지역 주민들의 권리와 재산상 불이익을 야기하기 때문에 실행하기 매우 까다로운 정책이었다. 실은 당시 우리나라도 야당의 끈질긴 반대가 있었지만, 통치권자로서 박 대통령이 미래를 내다보고 용단을 내린 것이었다.

박 대통령은 산업화에 따른 환경문제 또한 국가산업단지 조성이라는 방법으로 대비하였다. 대규모 공장들을 바닷가 주변으로 모아 환경문제를 집중 관리하겠다는 의지를 밝힌 것이다. 1963년 박 대통령은 주요 공단 배치 계획을 포함한 국토건설 종합계획을 발표한다. 중화학공업단지는 수도권과 멀리 이격시켜 포항, 울산, 광양, 여수, 순천 지역으로 배치시키고, 수도원 지역에는 경공업과 친환경 산업단지를 조성하였다.

50년 전 박 대통령은 이미 환경문제를 고려하여 개발을 추진한 것이다. 당시에는 '지속가능한 개발'이라는 용어는 사용하지 않았지만, 현재의 시각으로 보면 그의 정책이 바로 지속가능한 개발의 다름 아니었다. 환경과 개발의 공존을 도모하는 것이 바로 지속가능한 개발이기 때문이다. 환경과 개발이 항상 이율배반적이 아님을 보여준 사례이기도 하다.

case 1 **난지도의 교훈**

　난지도는 1975년부터 1992년까지 서울시에서 발생한 쓰레기를 무단으로 매립한 곳이다. 15년간 엄청난 쓰레기가 매립되었다. 당시 하루에 서울시에서 발생한 쓰레기가 2천 톤 가까이 되었으니, 15년간 얼마나 많은 쓰레기가 묻혔겠는가.

　문제는 난지도 매립지가 제대로 된 처리장이 아니었다는 점이다. 당시에도 오물청소법과 폐기물 관리법은 있었다. 그 법에 따르면, 쓰레기를 매립하기 전에 매립지 바닥에 불투수차수막(不透水遮水膜)을 깔아야 하고, 매립할 때는 복토재와 함께 매립 처리하도록 되어 있다. 그런데 난지도에서는 그렇게 하지 않았다. 법을 지키지 않았다. 시민과 기업에게는 쓰레기를 제대로 처리하라고 하고, 오물세까지 부과하면서 정작 서울시는 법을 깡그리 무시한 것이다.

　이유는 두 가지였다. 첫째는 예산 탓이고, 둘째는 쓰레기를 처리할 곳이 없으니 어쩔 수 없다고 했다. 감독기관인 환경부도 난지도에 대해서는 수수방관하였다. 난지도에 관한 한 서울시가 주범이고, 환경부가 공범이다. 서울시는 15년간 헐값에 쓰레기를 처리한 셈이다.

그런데 과연 서울시는 헐값에 쓰레기를 처리한 것일까? 아니다, 절대 그렇지 않다. 서울시의 난지도 쓰레기 불법처리는 엄청난 대가를 치러야 했다. 매립 당시에도 마포구 상암동 일원에는 악취와 먼지로 주변을 오염시켰다. 당시 상암동 쪽 하늘은 1년 365일 쓰레기 먼지가 뿌옇게 날렸다. 더욱 심각한 문제는 침출수(浸出水)였다. 침출수는 고농도의 유기성 폐수로, 쓰레기가 썩는 과정에서 발생된다. 매립 초기에는 BOD농도가 1만ppm이 넘는다.

난지도 매립장에서 발생한 침출수가 한강 하류를 죽음의 강으로 만들었다. 기형 물고기가 발생되기도 하였다. 침출수에는 고농도의 유기성 폐수가 포함되어 있고, 때로는 중금속 등 독성물질이 검출되기도 한다. 게다가 침출수는 매립할 때뿐만 아니라 매립이 종료된 후에도 다년간 지속적으로 배출된다는 것이 문제였다.

우리가 난지도를 통해 얻은 교훈은 '환경에는 공짜가 없다'는 것이다. 값싸게 처리하려다가 오염은 오염대로 시키고, 그 피해의 영향을 우리의 미래 세대에게까지 남기는 오류를 범하고 만 것이다.

case 2 영남권 신공항 건설

영남권 신공항 건설이 김해공항 확장이라는 엉뚱한 결론으로 끝이 났다. 어느 종편에서는 'O냐 X냐 했더니 △를 제시하는 꼴'이라고 했다.

영남권 신공항 건설은 노무현 정부에서 지역 균형 발전의 일환과 김해공항의 문제를 해결하기 위해 발의되었고, MB가 17대 대선 공약으로 구체화하였다. 밀양과 가덕도가 대안으로 제시되었다. 그러나 MB가 대통령에 당선된 후 영남권 신공항 건설의 백지화를 선언하면서, 영남권 시민들은 큰 실망과 실의에 빠졌다. 18대 대선을 앞두고 박근혜 대통령이 다시 대선 공약으로 약속하였지만, 4년이 지난 현재 TK와 PK 시민들을 다시 한 번 실망시키는 결과가 발표되었다.

영남권 신공항 건설의 핵심은 무엇일까. 왜 영남권의 많은 주민들이 영남권 신공항 건설을 염원하고 있을까. 왜 영남권 지역민들이 신공항 건설에 목을 매고 있었던 걸까.

그것은 공항 건설 자체만의 문제가 아니다. 한마디로 삶의 절규이며, 삶의 몸부림이다. 수도권의 인구 집중이 가속화되면서 영남권과 호남권 등 지방은 몰락했다. 몇몇 도시를 제외하고는 영남과 호남의 인구가 반쪽이 났고 상권이 무너졌다. KTX가 개통되면 삶이 나아질 것이라고 생각했지만, KTX는 편리함은 가져왔을지 몰라도 지역경제는 더욱 어려워졌다. 지역의 경기는 더욱 몰락했다. 인천의 인구가 대구를 추월하였고, 20년 뒤에는 부산마저 추월하게 될 거라고 한다.

지난번 헌법재판소 판결은 또 어떠했는가. 인구편차를 3대 1에서 2대 1로 조정함으로써 지역불균형을 더욱 가속화시켰다. 땅덩어리는 아무리 커도 소용이 없고, 인구만을 기준으로 삼았다. 철저하게 수도권 중심의 논리이다.

인구만이 모든 평가의 기준이라면 지방은 더욱 어려워질 수밖에 없다. 부익부 빈익빈이 더욱 가속화될 수밖에 없다. 12% 땅덩어리에 인구 절반이 살고 있는 나라, 12%의 땅덩어리에서 국회의원의 절반을 뽑는 나라, 12%의 땅덩어리에서 경제의 90%가 이루어지고 있는 나라가 바로 대한민국이다. 한마디로 수도권만 사람 사는 동네가 되었다. 서울공화국이다. 지방은 안중에도 없다.

부산이고, 대구고, 광주고… 사람처럼 살려면 서울로 가야 한다.

영남권 신공항 건설은 영남권 주민의 마지막 생존의 몸부림이었다. 대통령 선거 때마다 '이번에는 달라지겠지' 하며 기다리고 또 기다렸던 것이다. MB 때도, 박근혜 대통령 때도 그래서 압도적 지지를 했던 것이다. 더 잘해 달라는 것이 아니다. 늦었지만 지금이라도 비뚤어진 균형을 바로 잡아달라는 것이다.

환경 측면에서 영남권 신공항 건설의 본질은 국토 균형 발전에 있다. 수도권만 개발할 것이 아니라, 영남권과 호남권도 함께 개발하자는 거다. 국토 균형 발전만이 지속가능한 개발이기 때문이다.

이제 대안은 서울을 축소하는 일뿐이다. 서울을 축소해야 부산이 살고, 대구가 살고, 광주가 산다. 좀 더 직설적으로 표현하자면, 서울이 죽어야 나라가 산다는 말이다.

노하우10

실패도 자산

세계적으로 크게 성공한 사람들은 모두
큰 실패를 경험했다는 공통점을 가지고 있다.
실패도 중요한 자산이다.
성공보다는 실패에서
배울 것이 더 많기 때문이다.
실패가 두려워 아무것도 하지 않는다면
인류는 여전히 원시시대에 머물러 있을 것이다.

때늦은 후회

대한민국 국민이 가장 사랑하는 왕, 세종! 아들로서, 지아비로 서, 아버지로서 그리고 한 나라의 지존으로서 타의 모범이 되었 던 그는 정말 완벽했을까? 눈을 감는 순간 어떤 아쉬움도 남기지 않았을까? 나는 늘 그 부분이 궁금하고 안타까웠다. 당신의 아버 지가 그랬던 것처럼 큰아들이 아니라 둘째아들을 태자로 삼았더 라면 우리에게 또 다른 피의 역사는 남겨지지 않았을 것을….

세종은 장영실 같은 천민도 신분보다는 능력을 인정하여 적재 적소에 쓸 줄 아는 혁신적 마인드를 가진 임금이었음에도 불구하 고, 어찌하여 몸이 약한 문종을 적장자라는 이유로 세자로 삼은 것일까? 사실 조선시대 스물일곱 명의 임금 중 적장자는 문종, 단종, 연산군, 인종, 현종, 숙종, 경종의 일곱 명뿐이다. 즉 조선 개국 이후 문종은 첫 적장자의 왕위 계승이었던 셈인 것이다.

물론 세종 또한 건강하지 않은 문종과 어린 단종이 어찌 걱정스 럽지 않았을까. 다만 그만큼 다른 아들 또한 믿었을 것이다. 수양과 안평을 정치에 참여시킨 것도 몸이 약한 문종을 보좌하고 형제들이 힘을 합하여 왕권을 강화시키라는 의도였을지 모른다. 하지만 아버지 태종의 권력 쟁탈을 지켜본 세종이 어찌 그런 무모한 바람을 가졌던 것일까. 내 아이들만은 다를 거라고 생각했던 세종의 믿음이 못내 안타깝다.

정조는 노론벽파로 인하여 아버지를 잃었고 몇 번의 죽을 고비도 넘겼다. 어쩌면 정조는 24년의 재임기간 동안의 목표는 오로지 노론벽파 타도였을지도 모른다. 정조의 바람은 정조의 사후에 이루어졌다. 정조의 사돈이며 순조의 장인인 김조순을 통해서 말이다. 그러나 이는 세도정치(안동김씨)라는 또 다른 붕당을 가져왔을 뿐이다. 정조가 꿈꾸는 세상은 어쩌면 영원한 이상일지도 모른다.

과유불급(過猶不及)이라 했던가. 실패의 원인은 언제든 지나친 욕심에서 비롯된다. 시장의 임기를 다 채우지 못하고 국회의원에 출마한 것은 나의 지나친 욕심 때문이었다.

체육부대 유치, 군인체육대회 유치에 매몰되어 나도 모르게 들떠 있었던 거다. 많은 성과를 거둔 것이 오히려 독이 되었다. 스스로에게 도취되어 이 정도 성과를 거두었으니 국회의원에 출마를 해도 시민들이 이해해줄 것이라고 믿었다. 문경시민은 언제나 내 편이라고 믿었다. 국회의원이 되어 더 큰 문경으로 발전시키면 된다고 생각했다. 또 다른 문경 발전으로 보답하면 된다고 생각했다. 빨리 국회의원 되려는 조급증 탓에 시민들의 입장은 미처 생각하지 못한 것이다.

한마디로 오만이었다. 오만의 덫에서 나만은 예외일 것이라 생각했는데, 그 또한 엄청난 오만이고 착각일 뿐이었다. 오만에는 예외가 없다. 오만에는 약이 없다. 가족과 친지들의 충언도 오만 앞에선 맥을 못 춘다. 그러니 실패할 수밖에 없다. 오만의 종착역은 언제나 실패이니 말이다. 한 번의 오판으로 모든 것이 헝클어졌다. 시장 임기를 채우지 않고 중도 사퇴한 것이 두고두고 후회스럽다.

'서두르지 마라. 인생은 무거운 짐을 지고 떠나는 여행과 같다.'는 도쿠가와 이에야스(德川家康)의 말이 새삼 뼈저리게 느껴진다.

case 영상문화사업

바둑에서 복기를 해보면 왜 졌는지를 알 수 있다. 그래서 전문
기사들은 꼭 복기를 한다. 특히 승리한 바둑보다 패배한 바둑에
대해 복기를 한다. 뒤돌아보면 실패에는 반드시 원인이 있다. 이
유가 있다. 당시에는 몰랐는데, 시간이 지나고 나니 보인다. 영
상문화복합도시 사업은 내가 시장 취임 때부터 역점을 두고 추진
했던 사업이었다.

"문경을 대한민국의 할리우드로 만들겠습니다. 영화, 드라마,
뮤직비디오, CF에 사극, 현대물까지 총망라한 영상문화의 메카
로 만들겠습니다. 문경을 K팝의 본향으로 만들겠습니다."

2006년 지방선거를 앞두고 내가 문경시민께 드린 공약이다. 시
장 당선 후 관련 T/F팀을 만들고, 관련 전문가를 찾았다. 이때
SM 이수만 대표, 강제규 감독, 김종학 PD, 이세종 대표를 만났
다. 그분들에게 나의 영상문화 사업에 대한 포부를 밝히고, 그분
들과 양해각서(MOU)를 체결했다.

MOU 체결 후 문경 영상문화 사업에 대한 마스터플랜이 마련되었다. 3개 지구로 구분하여 구체적 사업추진계획이 마련되었다. 3개 지구는 문경읍 새재지구, 가은읍 왕릉리 지역, 마성면 하내지구였다. 가은지구에 국비 1,400억 원(녹색상성 벨트사업)도 확보했다. 사업설명회도 개최하였다. 지구 별로 토지 매입, 국비 확보도 병행했다.

　　그런데 뜻하지 않게 민원문제가 발생하였다. 새재지구 사업에 대한 반대였다. 상초리 인근 상가가 중심이 되어 반대추진위원회가 구성되었다. 뒤이어 문경시의회, 일부 시민단체가 가세했다. 특히 문경시의회 과반이 새누리당 소속이었던지라 당시 무소속이었던 나와 정치적 문제까지 겹쳤다.

　　연일 반대집회가 열렸다. 언론에서도 일부 비판 기사가 보도되었다. 시민들도 찬성과 반대로 갈렸다. 연일 찬성과 반대 집회가 열렸다. 지역이 갈등과 분열로 치달았다. 그 중심에 내가 서 있었다.

　　지금 생각해보면, 그때 차분하게 설득하고 반대하는 분들을 포용했어야 했다. 하지만 당시에는 내 생각이 옳다는 신념이 너무 강해서 상대측의 이야기가 귀에 들어오지 않았다. 나는 사실적으로도, 법률적으로도 아무 문제가 없다고 생각했다.

상황은 양보와 타협 없이 치킨게임의 양상으로 흘러갔다. 대화는 멈추었고, 각자가 일방통행 식이었다. 서로가 서로를 믿지 않았다. 좋지 않은 소문과 있지도 않은 유언비어가 난무했다. 내가 영상문화 사업을 통해 떼돈을 벌려고 한다느니, 부동산 투기를 한다느니 말이 많았다. 죽일 놈, 살릴 놈 하며 막말도 했다.

영상문화 사업의 반대 여론은 나의 국회의원 선거 낙선 운동으로 번졌다. 결국 나는 국회의원 선거에서 떨어졌고, 나의 낙선으로 5년여 동안 준비해온 문경 영상문화 사업은 종지부를 찍고 말았다. 결국 나의 오만이 부른 어리석은 오판으로, 문경의 영상문화 사업에 대한 나의 꿈은 일장춘몽으로 끝나고 만 것이다.

에필로그

이솝우화 중에 토끼와 거북이가 육지에서 달리기 내기를 하는 이야기가 있다. 토끼에게만 유리한, 너무도 당연하고 일방적인 게임처럼 보이지만, 이솝은 전혀 예상치 못한 결말로 우리에게 생각할 거리를 제공해준다. 토끼의 자만을 경계하라고 주의시키고, 거북이의 끈기와 성실을 배우라고 속삭인다.

요즘은 관이나 민간 기업이나 얼마나 경쟁이 치열한지 모른다. 그 치열한 세상에서 살아남기 위해서는, 토끼처럼 잽싸야 하는 것은 물론이고 거북이처럼 끈기 있고 성실해야 한다.

문경시장에 취임하여 새로운 문경 건설을 부르짖었다. 가장 큰 문제는 인구 감소였다. 매년 감소하는 인구문제를 해결하기 위해서는 공공기관, 학교, 연수원, 기업 유치뿐이라고 생각했다. 그래서 밤낮없이 뛰었다. 1%의 가능성만 있어도 매달렸다.

　시장 재직 시 나는 '성한 양복이 없다'는 말을 자주 들었다. 사파리 후보지를 찾는다고 양복에 구두차림으로 산을 헤매기도 했고, 출장 갔다 돌아오는 교육감을 만나기 위해 인천공항에서 새우잠을 자기도 했다. 문경시장 재임 5년 6개월 동안 주행거리가 외국 출장까지 합하면 100만 킬로미터가 넘는다. 그만큼 현장을 많이 다녔다는 소리다.

　성공도 있었고 실패도 있었던 문경시장 5년 6개월의 뒷이야기를 이렇게 풀어놓고 보니, 참으로 감회가 새롭다. 성공한 일에 대한 뿌듯함보다 실패한 일에 대한 아쉬움이 더 마음에 남는 것은, 새삼스레 느껴지는 나의 부족함 때문인지도 모르겠다.

부끄러운 나의 이 고백들이 인구 감소와 일자리 부족으로 많은 어려움을 겪고 있는 다른 지방자치단체와 기업체 CEO에게 타산지석(他山之石)의 사례가 되었으면 하는 마음이다.

신현국 배상

서울이 죽어야 나라가 산다

초판발행 | 2017년 3월 20일

지은이 | 신현국

펴낸곳 | 리즈앤북
펴낸이 | 김제구
기획 에디터 | 김수종
인쇄 · 제본 | 한영문화사

출판등록 제 2002 - 000447 호
주소   04029 서울시 마포구 잔다리로 77 대창빌딩 402호
전화   02)332-4037
팩스   02)332-4031
이메일 ries0730@naver.com

ISBN 979-11-86349-59-5 (03800)